L'OCÉAN
AU BOUT DU CHEMIN

NEIL GAIMAN

L'OCÉAN
AU BOUT DU CHEMIN

Traduit de l'anglais
par Patrick Marcel

Collection J'ai lu SF
dirigée par Thibaud Eliroff

Titre original
THE OCEAN AT THE END OF THE LANE

© Neil Gaiman, 2013

Pour la traduction française
© Éditions Au diable vauvert, 2014

Pour Amanda,
qui voulait savoir.

« *J'ai gardé de ma propre enfance
un souvenir vivace... je savais des choses terribles.
Mais je savais qu'il ne fallait pas laisser voir
aux adultes que je savais.
Ça les aurait effrayés.* »

Maurice SENDAK, entretien avec Art SPIEGELMAN,
The New Yorker, 27 septembre 1993

Ce n'était qu'une mare aux canards, à l'arrière de la ferme. Pas très grande.

Selon Lettie Hempstock, il s'agissait d'un océan, mais je savais bien que c'était absurde. Selon elle, pour arriver ici, ils avaient traversé l'océan depuis le vieux pays.

Selon sa mère, Lettie s'embrouillait dans ses souvenirs, tout cela remontait loin et puis, de toute façon, le vieux pays avait sombré.

Selon la vieille Mme Hempstock, la grand-mère de Lettie, elles se trompaient toutes les deux, et le lieu qui avait coulé n'était pas le vieux pays, le vrai. Elle disait s'en souvenir, elle, du vrai vieux pays.

Selon elle, le vrai vieux pays avait explosé.

Prologue

Je portais un costume noir, une chemise blanche, une cravate noire et des chaussures noires, bien cirées et brillantes : des vêtements dans lesquels j'aurais été mal à l'aise, en temps ordinaire, comme si j'avais endossé un uniforme volé ou si je voulais passer pour un adulte. Aujourd'hui, ils m'apportaient une sorte de réconfort. Je portais les vêtements appropriés à une rude journée.

J'avais accompli mon devoir, le matin, prononcé les paroles que je devais prononcer, et j'étais sincère en les disant ; et puis, une fois le service terminé, je suis monté en voiture et je suis parti au hasard, sans plan défini, avec environ une heure à tuer avant de rencontrer d'autres gens que je n'avais plus vus depuis des années, serrer d'autres mains et boire trop de tasses de thé dans le beau service en porcelaine. J'ai suivi des routes de campagne sinueuses du Sussex dont je ne me souvenais qu'à demi, jusqu'à ce que je me retrouve dans la direction du centre-ville, aussi ai-je obliqué, au hasard, sur une autre route, et tourné à gauche, puis à droite. C'est seulement alors que j'ai compris où j'allais vraiment, où j'allais depuis le début, et ma sottise m'a fait grimacer.

Je roulais vers une maison qui n'existait plus depuis des décennies.

J'ai à ce moment-là songé à faire demi-tour, alors que je suivais une rue large qui était autrefois un chemin empierré de silex au long d'un champ d'orge ; à faire demi-tour et à laisser le passé en paix. Mais je ressentais de la curiosité.

L'ancienne maison, celle où j'avais vécu sept ans, de l'âge de cinq ans jusqu'à celui de douze, avait été démolie et elle était perdue pour de bon. La nouvelle, celle que mes parents avaient construite au bas du jardin, entre les bosquets d'azalées et le rond vert dans l'herbe que nous appelions le cercle des fées, celle-là avait été vendue trente ans plus tôt.

En vue de la nouvelle maison, j'ai ralenti la voiture. Ça resterait toujours la nouvelle maison, dans ma tête. Je me suis engagé dans l'allée, pour observer de quelle façon ils avaient développé son architecture du milieu des années 70. J'avais oublié que ses briques étaient brun chocolat. Les nouveaux habitants avaient transformé le tout petit balcon de ma mère en un jardin d'hiver sur deux niveaux. J'ai contemplé la maison, me rappelant moins que je m'y attendais mes années d'adolescence : ni bons moments, ni mauvais. Adolescent, j'avais habité ici quelque temps. Ça ne semblait pas être une composante de ce que j'étais à présent.

J'ai reculé avec la voiture pour sortir de leur allée.

Il était temps, je le savais, de me rendre à la maison agitée et joyeuse de ma sœur, toute toilettée et guindée pour ce jour. J'allais discuter avec des gens dont j'avais oublié l'existence depuis des années et ils m'interrogeraient sur mon mariage (sombré une décennie plus tôt, une liaison qui s'était lentement effilochée jusqu'à ce que, finalement, comme cela semblait être leur lot commun, elle cède), me demanderaient si je voyais quelqu'un (non ; je n'étais même pas sûr d'en être capable, pas tout de suite), et me poseraient des questions sur mes enfants (tous grands, ils mènent leur propre vie, ils regrettent de ne pas avoir pu venir aujourd'hui), le travail (ça marche, merci, répondrais-je, sans jamais savoir comment parler de ce que je fais. Si je savais en parler, je n'aurais pas besoin de le pratiquer. Je crée de l'art, parfois je crée de l'art véritable, et parfois il comble les vides béants de ma vie. Quelques-uns. Pas tous). Nous évoquerions la disparition ; nous nous souviendrions des morts.

Le petit chemin de campagne de mon enfance était désormais une route d'asphalte noir qui servait de zone tampon entre deux lotissements tentaculaires. J'ai continué à la suivre, en m'éloignant de la ville ; ce n'était pas la direction que j'aurais dû prendre, et je trouvais ça agréable.

La route lisse et noire est devenue plus étroite, plus sinueuse, devenue le chemin à voie unique dont j'avais gardé le souvenir d'enfance, devenue de la terre battue, bosselée de silex, comme des os.

Bientôt, j'ai roulé lentement, en cahotant, le long d'un chemin encaissé entre des broussailles et des fourrés de ronces, partout où ne se dressait pas un bosquet de noisetiers ou une haie hirsute. J'ai eu l'impression d'avoir remonté le temps avec ma voiture. Le chemin était tel que je me le rappelais, alors que rien d'autre ne l'était.

J'ai dépassé la ferme Caraway. Je me suis souvenu d'avoir, à seize ans pile, embrassé Callie Anders, pommettes rouges et cheveux blonds, qui vivait là et dont la famille n'allait pas tarder à déménager vers les îles Shetland, et jamais plus je ne l'embrasserais ni ne la reverrais. Ensuite, plus rien que des champs des deux côtés de la route, sur pratiquement deux kilomètres : une imbrication de prés. Peu à peu, le chemin est devenu un sentier. Il touchait à son terme.

Je me suis souvenu d'elle avant d'avoir tourné au coin et de la voir, dans toute la gloire décatie de ses briques rouges : la ferme des Hempstock.

Elle m'a pris par surprise ; pourtant, le chemin s'était toujours achevé là. Je n'aurais pas pu aller plus loin. J'ai garé la voiture auprès de la cour de la ferme. Je n'avais aucun plan en tête. Je me suis demandé si, après tant d'années, quelqu'un y vivait encore ou, plus précisément, si les Hempstock y vivaient encore. Cela semblait peu probable, mais après tout, du peu que je gardais en mémoire, c'étaient des gens improbables.

J'ai été assailli par la puanteur de bouse de vache dès que je suis descendu de voiture, et j'ai traversé la petite cour, avec précaution, jusqu'à la porte principale. J'ai cherché une sonnette, en vain, et puis j'ai frappé. La porte n'avait pas été fermée à fond, et elle s'est entrebâillée doucement quand je l'ai cognée de mes phalanges.

J'étais venu ici, non, il y avait longtemps ? J'en avais la certitude. Les souvenirs d'enfance sont parfois enfouis et masqués sous ce qui advient par la suite, comme des jouets d'enfance oubliés au fond d'un placard encombré d'adulte, mais on ne les perd jamais pour de bon. Je suis entré dans le vestibule et j'ai appelé : « Ohé ? Il y a quelqu'un ? »

Je n'ai rien entendu. J'ai senti des odeurs de pain qui cuit, d'encaustique pour meubles et de bois anciens. Mes yeux ont été lents à s'accommoder à la pénombre : je l'ai scrutée, me préparant à tourner les talons pour m'en aller lorsqu'une femme âgée est sortie du couloir obscur, un chiffon blanc à la main. Elle portait longs ses cheveux gris.

« Mme Hempstock ? » ai-je demandé.

Elle a penché la tête sur un côté, m'a regardé. « Oui. Je vous connais, vous, jeune homme », a-t-elle dit. Je ne suis pas un jeune homme. Plus maintenant. « Je vous connais, mais les choses se brouillent quand on arrive à mon âge. Qui êtes-vous, exactement ?

— Je crois que je devais avoir sept ans, peut-être huit, la dernière fois que je suis venu ici. »

Alors, elle a souri. « Vous étiez l'ami de Lettie ? D'en haut du chemin ?

— Vous m'avez donné du lait. Il était tout chaud tiré des vaches. » Et j'ai alors pris conscience de toutes les années qui avaient passé, et j'ai corrigé : « Non, ce n'est pas vous qui avez fait ça, ce devait être votre mère qui m'a donné du lait. Excusez-moi. » En vieillissant, nous devenons nos parents ; si on vit assez longtemps, on voit des visages se répéter dans le temps. Je me souvenais de Mme Hempstock, la mère de Lettie, comme de quelqu'un de trapu. Cette femme-ci était maigre comme un clou et paraissait délicate. Elle ressemblait à sa mère, à la femme que j'avais connue sous le nom de « la vieille Mme Hempstock ».

Parfois, en me regardant dans la glace, je vois le visage de mon père, pas le mien, et je me souviens de la façon qu'il avait de se sourire dans les miroirs, avant de sortir. « Pas mal, disait-il à son reflet avec approbation. Pas mal. »

« Vous êtes venu voir Lettie ? m'a demandé Mme Hempstock.

— Elle est ici ? » Cette idée m'a surpris. Elle était *partie* quelque part, non ? En Amérique ?

La vieille femme a secoué la tête. « J'allais juste-ment mettre la bouilloire sur le feu. Vous prendrez bien un peu de thé ? »

J'ai hésité. Puis j'ai répondu que, si elle n'y voyait pas d'inconvénient, j'aimerais qu'elle m'indique le chemin de la mare aux canards, d'abord.

« La mare aux canards ? »

Je savais que Lettie lui donnait un drôle de nom. Je me souvenais de ça. « Elle l'appelait la mer. Quelque chose dans ce genre. »

La vieille femme a posé son chiffon sur le buffet. « Ça se boit pas, l'eau de mer, hein ? Trop salée. Ça serait comme boire le sang de la vie. Vous vous rappelez le chemin ? On y va en faisant le tour de la maison. Suffit de suivre le sentier. »

Si vous m'aviez posé la question une heure plus tôt, j'aurais répondu que non, je ne me rappe-lais pas ce sentier. Je ne crois même pas que je me serais souvenu du nom de Lettie Hempstock. Mais, debout dans ce vestibule, tout me revenait. Des souvenirs attendaient à la lisière des choses, pour me faire signe. Vous m'auriez déclaré que j'avais à nouveau sept ans, j'aurais pu vous croire à moitié, un instant.

« Merci. »

Je suis sorti dans la cour de la ferme. J'ai longé le poulailler, passé la vieille grange et suivi le bord du champ, me rappelant où j'étais et ce qui venait ensuite, et exultant de le savoir. Des noisetiers bordaient le pré. J'ai cueilli une poignée de noisettes vertes, les ai empochées.

Ensuite, la mare, ai-je pensé. *Je n'ai plus qu'à contourner la grange, et je vais la voir.*

Je l'ai vue et je m'en suis senti curieusement fier, comme si ce seul effort de mémoire avait soufflé une partie des toiles d'araignées de la journée.

La mare était plus réduite que dans mon souvenir. Il y avait une petite remise en bois sur l'autre berge et, au bord du sentier, un antique et lourd banc de bois et de métal. Les lattes écaillées avaient été peintes en vert quelques années plus tôt. Je me suis assis sur le banc et j'ai fixé le reflet du ciel dans l'eau, l'écume de lentilles d'eau sur les bords, et la demi-douzaine de nénuphars. De temps en temps, je jetais une noisette au milieu de la mare, cette mare que Lettie Hempstock appelait…

Non, ce n'était pas la mer…

Elle devait être plus vieille que moi, actuellement, Lettie Hempstock. Elle n'avait à l'époque qu'une poignée d'années d'avance sur moi, malgré tous ses drôles de discours. Elle avait onze ans. J'avais… combien avais-je ? C'était après la fête d'anniversaire ratée. Je le savais. Je devais donc avoir sept ans.

Je me suis demandé si nous ne serions pas tombés à l'eau, un jour. Est-ce que je l'avais poussée dans la mare aux canards, cette drôle de fille qui vivait dans la ferme tout au bout du chemin ? Je me souvenais de l'avoir vue dans l'eau. Il se pouvait qu'elle m'y ait poussé aussi.

Où était-elle partie ? En Amérique ? Non, en *Australie*. Voilà. Quelque part très, très loin.

Et ce n'était pas la mer. C'était l'océan.

L'océan de Lettie Hempstock.

Je me suis souvenu de ça et, me souvenant de ça, je me suis souvenu de tout.

I

Personne n'est venu à la fête de mon septième anniversaire.

Il y avait une table garnie de gelées et de petits gâteaux, un chapeau de cotillon auprès de chaque place et un gâteau d'anniversaire avec sept bougies, au centre de la table. Le gâteau était décoré d'un dessin de livre, avec du glaçage. Ma mère, qui avait organisé la fête, m'a raconté qu'aux dires de la dame de la pâtisserie, ils n'avaient encore jamais dessiné de livre sur un gâteau et qu'en général, pour les garçons, c'étaient des ballons de football ou des engins spatiaux. J'étais leur premier livre.

Lorsqu'il est devenu évident que personne ne viendrait, ma mère a allumé les sept bougies sur le gâteau, et je les ai soufflées. J'ai mangé une part du gâteau, imité par ma petite sœur et une de ses amies (toutes deux présentes à la fête au titre d'observatrices, non de participantes) avant qu'elles ne s'enfuient, en pouffant, dans le jardin.

Ma mère avait préparé des jeux de société, mais puisqu'il n'y avait plus personne, pas même ma sœur, aucun n'a servi, et j'ai déballé tout seul le papier journal qui enveloppait le cadeau à se faire passer[1], révélant une figurine de Batman en plastique bleu. J'étais triste que personne ne soit venu à ma fête, mais ravi d'avoir une figurine de Batman, et il y avait un cadeau d'anniversaire qui attendait qu'on le lise, un coffret des livres de Narnia, que j'ai emporté à l'étage. Je me suis allongé sur le lit et perdu dans les histoires.

Ça me plaisait. Il y avait plus de sécurité dans les livres qu'avec les gens, de toute façon.

Mes parents m'avaient offert aussi un 33-tours des *Plus grands airs de Gilbert et Sullivan*, à ajouter aux deux que je possédais déjà. J'adorais les opérettes de Gilbert et Sullivan depuis l'âge de trois ans, lorsque la plus jeune sœur de mon père, ma tante, m'avait emmené voir *Iolanthe*, une histoire remplie de lords et de fées. Je trouvais l'existence et la nature des fées plus faciles à comprendre que les lords. Ma tante était morte peu après, de pneumonie, à l'hôpital.

Ce soir-là, mon père est rentré du travail en apportant une caisse en carton. À l'intérieur se trouvait un chaton noir au poil doux, de sexe incertain, que j'ai sur-le-champ baptisé Duvet et que j'ai aimé totalement, de tout mon cœur.

Duvet dormait la nuit sur mon lit. Je lui parlais, parfois, lorsque ma petite sœur n'était pas dans les parages, m'attendant à demi à l'entendre répondre

---

1. *Pass the parcel* (« faites passer le paquet ») est un jeu où un paquet est emballé dans plusieurs épaisseurs de papier. Il circule de main en main au son d'une musique et, quand la musique s'arrête, celui qui tient le paquet a le droit d'en défaire une couche et de garder les babioles dans cette couche. Le plus gros cadeau se trouve bien entendu au centre du paquet. (NdT)

avec une voix humaine. Il ne l'a jamais fait. Ça ne me dérangeait pas. C'était un chaton affectueux et attentif, un bon compagnon pour quelqu'un dont la fête de septième anniversaire s'était résumée à une tablée de biscuits glacés, un flan, un gâteau et quinze chaises pliantes vides.

Je ne me souviens pas d'avoir jamais demandé à aucun des autres enfants de ma classe à l'école pourquoi ils n'étaient pas venus à ma fête. Je n'avais pas besoin de leur poser la question. Ce n'étaient pas mes amis, après tout. Simplement les gens avec lesquels j'allais en classe.

Je me faisais des amis lentement, quand je m'en faisais.

J'avais des livres, et maintenant j'avais mon chaton. Nous serions comme Dick Whittington et son chat, je le savais, ou, si Duvet se révélait particulièrement intelligent, nous serions le fils du meunier et le Chat botté. Le chaton dormait sur mon oreiller, et attendait même mon retour de l'école, assis dans l'allée devant la maison, près de la barrière, jusqu'à ce qu'un mois plus tard, il soit écrasé par le taxi qui amenait le prospecteur d'opales venu s'installer chez moi.

Je n'étais pas là quand c'est arrivé.

Ce jour-là, je suis rentré de l'école et mon cha-ton n'attendait pas mon retour. Dans la cuisine, il y avait un grand type efflanqué avec la peau bronzée et une chemise à carreaux. Il buvait un café à la table de la cuisine, j'en ai senti l'odeur. À l'époque, le café était toujours de l'instantané, une poudre brun sombre, amère, qui sortait d'un pot.

« J'ai bien peur d'avoir eu un petit accident en arrivant ici, m'a-t-il dit sur un ton enjoué. Mais t'en fais pas. » Il parlait avec un débit saccadé, inconnu : c'était la première fois que j'entendais l'accent sud-africain.

Il avait également une caisse en carton sur la table devant lui.

« Le chaton noir, il était à toi ? a-t-il demandé.

— Il s'appelle Duvet.

— Ouais. Comme je te disais. Un accident en arrivant. T'en fais pas. Je me suis débarrassé du cadavre. T'auras pas à t'en soucier. J'ai réglé le problème. Ouvre la boîte.

— Quoi ? »

Il a indiqué la boîte du doigt. « Ouvre-la », a-t-il dit.

Le prospecteur d'opales était grand. Il portait des jeans et des chemises à carreaux chaque fois que je l'ai vu, sauf la dernière. Il avait autour du cou une épaisse chaîne en or pâle. Elle aussi avait disparu, la dernière fois que je l'ai vu.

Je ne voulais pas ouvrir son carton. Je voulais filer dans mon coin. Je voulais pleurer mon chaton, mais je ne pouvais pas faire ça alors que tout le monde était là, en train de me regarder. Je voulais porter le deuil. Je voulais enterrer mon ami au fond du jardin, au-delà des herbes vertes du cercle des fées, dans le creux du buisson de rhododendrons, derrière le tas de foin coupé, où jamais personne n'allait, sauf moi.

La boîte a remué.

« Je l'ai acheté pour toi, a dit l'homme. Je paie toujours mes dettes. »

J'ai tendu la main, soulevé le rabat supérieur du carton, en me demandant si c'était une farce et si j'allais retrouver mon chaton à l'intérieur. En fait, une tête orange m'a jeté un regard hargneux.

Le prospecteur d'opales a retiré le chat du carton.

C'était un énorme matou à rayures orange, à qui manquait une moitié d'oreille. Il m'a lancé un regard furibond. L'animal n'avait pas apprécié d'être enfermé dans une boîte. Il n'avait pas l'habitude des cartons. J'ai tendu la main pour lui caresser la tête, avec le sentiment d'être infidèle à la mémoire de mon chaton, mais il a reculé pour éviter que je le touche, et a chuinté dans ma direction, avant de se retirer d'un pas déterminé dans un coin éloigné de la pièce, où il s'est assis, aux aguets, l'air haineux.

« Et voilà. Un chat pour un chat », a déclaré le prospecteur d'opales, et il m'a ébouriffé les cheveux de sa main calleuse. Puis il est sorti dans le couloir, me laissant dans la cuisine avec ce chat qui n'était pas mon chaton.

L'homme a repassé la tête par la porte. « Il s'appelle Monstre », a-t-il lancé.

On aurait dit une mauvaise blague.

J'ai bloqué la porte de la cuisine en position ouverte, afin que le chat puisse sortir. Puis je suis monté dans la chambre, je me suis étendu sur mon lit, et j'ai pleuré Duvet mort. Lorsque mes parents sont rentrés, ce soir-là, je ne crois pas qu'on ait mentionné mon chaton une seule fois.

Monstre a vécu avec nous une semaine, ou plus. Je lui déposais de la pâtée pour chat dans l'écuelle le matin, ainsi que le soir, comme j'avais fait avec mon chaton. Il restait assis auprès de la porte de derrière jusqu'à ce que moi ou quelqu'un d'autre le laissions sortir. Nous le voyions dans le jardin, se coulant d'arbuste en arbuste, dans les arbres, ou dans les taillis. Nous suivions ses mouvements à la trace par les cadavres de mésanges bleues et de grives que nous retrouvions dans le jardin, mais nous le voyions rarement.

Duvet me manquait. Je savais bien qu'on ne peut pas remplacer un être vivant comme ça, mais je n'osais pas aller me plaindre auprès de mes parents. Mon émotion les aurait laissés perplexes : après tout, si mon chaton avait été tué, il avait également été remplacé. Le tort avait été réparé.

Tout cela m'est revenu et, en même temps que ça me revenait, j'ai su que ça ne durerait pas longtemps : toutes ces choses dont je me souvenais, assis sur le banc vert au bord de la petite mare dont Lettie Hempstock m'avait un jour convaincu qu'elle était un océan.

II

Enfant, je n'étais pas heureux, bien que, de temps en temps, j'aie été satisfait. Je vivais dans les livres plus que n'importe où ailleurs.

Nous avions une grande maison avec de nombreuses pièces, une bonne chose quand on l'avait achetée et que mon père avait de l'argent, pas si bonne par la suite.

Un après-midi, mes parents m'ont fait venir dans leur chambre avec beaucoup de gravité. J'ai cru avoir commis une bêtise et être là pour qu'on me gronde, mais non : ils m'ont juste annoncé qu'ils n'étaient plus financièrement à l'aise, que nous allions tous devoir faire des sacrifices et que moi, ce que je devrais sacrifier, c'était ma chambre, la petite pièce en haut de l'escalier. J'en ai eu de la peine : ma chambre disposait d'un tout petit lavabo jaune qu'ils avaient fait installer rien que pour moi, juste à ma taille ; la chambre se situait au-dessus de la cuisine, et au sommet immédiat de l'escalier en sortant du salon de télévision, si bien que, le soir, j'entendais la rumeur apaisante de la conversation des adultes monter du rez-de-chaussée par ma porte entrouverte, et que je ne me sentais pas seul. De plus, dans ma chambre, personne ne voyait d'objection à ce que je garde la porte du couloir entrebâillée, afin de laisser entrer assez de lumière pour ne pas avoir peur du noir et, tout aussi important, de me permettre de lire en cachette, après l'heure du coucher, employant la faible lumière du couloir pour lire, s'il y avait besoin. Il y avait toujours besoin.

Exilé dans l'immense chambre de ma petite sœur, je n'étais pas inconsolable. Il y avait déjà trois lits sur place, et j'ai pris celui qui se trouvait contre la fenêtre. J'adorais pouvoir sortir par là sur le long balcon en brique, dormir la croisée ouverte et sentir le vent et la pluie sur mon visage. Mais nous nous disputions, ma sœur et moi ; nous nous chamaillions sur tout. Elle aimait dormir avec la porte du couloir fermée, et les disputes immédiates pour savoir si la porte de la chambre devait être ouverte ou fermée ont été réglées d'autorité par ma mère ; elle a rédigé un tableau accroché derrière la porte, afin de préciser la nuit qui revenait alternativement à ma sœur ou à moi. Chaque soir, j'étais satisfait ou terrifié, selon que la porte était ouverte ou fermée.

Mon ancienne chambre en haut des marches a été mise en location, et une variété de gens y a défilé. Je les regardais tous d'un œil soupçon-neux : ils dormaient dans ma chambre, utilisaient le petit lavabo jaune qui était juste à ma taille. Il y a eu une grosse dame autrichienne qui nous a déclaré qu'elle pouvait sortir de sa tête pour se promener au plafond ; un étudiant en architecture venu de Nouvelle-Zélande ; un couple d'Améri-cains à qui ma mère, scandalisée, a demandé de partir lorsqu'elle a découvert qu'en fait, ils n'étaient pas mariés ; et, à présent, il y avait le prospecteur d'opales.

Il était sud-africain, bien qu'il ait amassé son pécule en extrayant des opales en Australie. Il nous a donné une opale chacun, à ma sœur et moi, un grossier caillou noir avec un feu vert-bleu-rouge à l'intérieur. Ça lui a valu l'adoration de ma sœur ; sa pierre d'opale était pour elle un vrai trésor. Moi, je ne pouvais pas lui pardonner la mort de mon chaton.

C'était le premier jour des vacances de printemps : trois semaines sans école. Je me suis réveillé tôt, ravi à la perspective de jours sans fin à remplir à ma guise. J'allais lire. J'allais explorer.

J'ai enfilé mon short, mon t-shirt, mes sandales. Je suis descendu à la cuisine. Mon père préparait le petit déjeuner, tandis que ma mère faisait la grasse matinée. Il portait sa robe de chambre par-dessus son pyjama. Il se chargeait souvent du petit-déjeuner, le samedi. Je lui ai demandé : « Papa ! Où est mon illustré ? » Le vendredi, il m'achetait toujours un numéro de *Smash !* avant de rentrer du travail, et je le lisais le samedi matin.

« À l'arrière de la voiture. Tu veux du pain grillé ?

— Oui. Mais pas cramé. »

Mon père n'aimait pas les grille-pain. Il mettait le pain à dorer sous le gril et, en général, le faisait cramer.

Je suis sorti dans l'allée. J'ai regardé autour de moi. Je suis revenu à la maison, j'ai poussé la porte de la cuisine et je suis entré. J'aimais cette porte. C'était un battant, s'ouvrant vers l'intérieur et vers l'extérieur, afin que les domestiques, soixante ans plus tôt, puissent entrer ou sortir avec des plats, vides ou garnis, plein les bras.

« Papa ? Où est la voiture ?

— Dans l'allée.

— Non, elle est pas là.

— *Quoi ?* »

Le téléphone a sonné et mon père s'est rendu dans l'entrée, où se trouvait l'appareil, pour répondre. Je l'ai entendu parler avec quelqu'un.

Le pain a commencé à fumer sous le gril.

Je suis monté sur une chaise et je l'ai éteint.

« C'était la police, m'a expliqué mon père. Quelqu'un a signalé qu'il avait vu notre voiture abandonnée au bas du chemin. J'ai dit que je n'avais même pas encore déclaré le vol. Bien. On peut y partir tout de suite, on les retrouvera là-bas. *Le pain !* »

Il a retiré la poêle de sous le gril. Le pain fumait, noirci sur un côté.

« Et mon illustré, il est là-bas ? Ou ils l'ont volé ?

— Je ne sais pas. La police n'a pas parlé de ton illustré. »

Mon père a tartiné de beurre de cacahuète le côté brûlé de chaque morceau de pain, remplacé sa robe de chambre par un manteau endossé par-dessus son pyjama, enfilé une paire de chaussures, et nous avons descendu le chemin ensemble. Il mâchonnait son pain grillé en marchant. Je tenais le mien, sans le manger.

Nous marchions depuis peut-être cinq minutes le long de l'étroit chemin qui courait entre les champs de chaque côté, quand une voiture de police est arrivée derrière nous. Elle a ralenti, et le conducteur a salué mon père par son nom.

J'ai caché mon morceau de pain brûlé derrière mon dos tandis que mon père discutait avec le policier. J'aurais voulu que ma famille achète du pain blanc en tranches normal, du genre qu'on mettait dans les grille-pain, comme toutes les autres familles que je connaissais. Mon père avait trouvé une boulangerie locale où l'on cuisait de grosses miches de lourd pain brun, et il insistait pour en acheter. Il affirmait qu'elles avaient meilleur goût, ce qui, à mon sens, était absurde. Le pain convenable était blanc, tranché à l'avance, et n'avait pratiquement aucun goût : c'était son rôle.

Le chauffeur de la voiture de police est descendu, a ouvert la portière arrière et m'a dit de monter. Mon père a pris le siège à l'avant, à côté du conducteur.

La voiture de police a descendu lentement le chemin. Celui-ci était dépourvu du moindre revêtement, à l'époque, et juste assez large pour une seule voiture ; un passage escarpé, semé de flaques et de cahots, d'où pointaient des silex, le tout creusé d'ornières par les véhicules agricoles, la pluie et l'âge.

« Les gamins, a commenté le policier. Ils trouvent ça drôle. On vole une voiture, on va faire un tour, on l'abandonne. Ça doit être des gens d'ici.

— Je m'estime déjà heureux qu'on l'ait récupérée si vite », a répondu mon père.

Nous avons longé la ferme Caraway, où une petite fille aux cheveux si blonds qu'ils étaient presque blancs, et aux joues rouges, mais rouges, nous a regardés passer. Je tenais mon bout de pain brûlé sur mes genoux.

« C'est drôle qu'ils l'aient abandonnée dans ce coin, a poursuivi le policier, parce que ça fait une trotte, pour rentrer à pied n'importe où, d'ici. »

Nous avons franchi un coude du chemin et vu sur un côté la Mini blanche devant un portail qui menait à un champ, les pneus profondément enlisés dans la boue brune. Nous l'avons dépassée pour nous ranger sur l'herbe de l'accotement. Le policier m'a laissé descendre, et nous sommes tous les trois revenus à pied vers la Mini, tandis que le policier parlait à mon père de la criminalité de la région et expliquait pourquoi il s'agissait clairement d'un coup des gamins du coin, puis mon père a ouvert la portière arrière avec le double de sa clé.

Il a dit : « Quelqu'un a laissé quelque chose sur la banquette arrière. » Il a tendu la main et retiré la couverture bleue qui cachait la chose sur la banquette, à l'instant où le policier lui disait qu'il ne devrait pas, et où je scrutais la banquette arrière, parce que c'était là que devait se trouver mon illustré ; si bien que je l'ai vue.

Ce que je regardais était une *chose*, pas une *personne*.

J'étais un enfant imaginatif, enclin aux cauchemars ; pourtant, quand j'avais six ans, j'avais convaincu mes parents de me conduire au musée de cire de Madame Tussaud, à Londres parce que je voulais visiter la Chambre des Horreurs, m'attendant à voir la Chambre des Horreurs des monstres de cinéma dont j'avais lu des descriptions dans mes illustrés. Je voulais trembler devant des effigies en cire de Dracula, du monstre de Frankenstein et du Loup-garou. En lieu de quoi, on m'avait promené à travers une série apparemment infinie de dioramas d'hommes et de femmes ordinaires à l'expression sinistre, qui avaient assassiné des gens – en général leurs locataires, et des membres de leur propre famille – et qu'on avait ensuite assassinés à leur tour : par pendaison, sur la chaise électrique ou dans des chambres à gaz. La plupart étaient représentés en compagnie de leurs victimes dans des tableaux de groupe compassés – assis à une table de repas, peut-être, tandis que les membres de leur famille, empoisonnés, agonisaient. Les plaques qui expliquaient leur identité m'informaient également que la majorité d'entre eux avaient tué leur famille et vendu les corps à des *anatomistes*. C'est là que le mot *anatomistes* a revêtu pour moi sa particulière coloration d'horreur. J'ignorais ce qu'étaient ces *anatomistes*. Je savais seulement que les *anatomistes* poussaient les gens à tuer leurs enfants.

La seule chose qui m'avait retenu de m'enfuir en hurlant de cette Chambre des Horreurs où on me promenait était qu'aucune des statues de cire n'avait semblé totalement convaincante. Elles ne pouvaient pas paraître vraiment mortes, parce qu'elles n'avaient jamais eu l'air vivantes.

La chose sur la banquette arrière, que masquait la couverture bleue (je la *connaissais*, cette couverture. C'était celle qui était rangée dans mon ancienne chambre, sur l'étagère, pour les nuits froides), n'était pas convaincante, non plus. Elle ressemblait un peu au prospecteur d'opales, mais elle était vêtue d'un costume noir, avec une chemise blanche à jabot et un nœud papillon noir. Elle portait ses cheveux plaqués en arrière, artificiellement lustrés. Elle avait les yeux fixes. Ses lèvres étaient bleuâtres, mais sa peau, très rouge. Elle ressemblait à une parodie de bonne santé. Elle n'avait aucune chaîne en or autour de son cou.

Je pouvais voir, sous elle, froissé et plié, mon exemplaire de *Smash !* avec Batman en couverture, exactement tel qu'il était à la télévision.

Je ne me rappelle pas qui a alors dit quoi, juste qu'on m'a fait m'écarter de la Mini. J'ai traversé la route, et je suis resté là tout seul tandis que le policier discutait avec mon père et prenait des notes dans un carnet.

J'ai observé la voiture. Une longueur de tuyau d'arrosage vert courait du pot d'échappement à la vitre du conducteur. Il y avait de la boue, brune et épaisse, partout sur l'échappement afin de maintenir le tuyau en place.

Personne ne me regardait. J'ai mordu dans mon pain grillé. Il était brûlé et froid.

À la maison, mon père mangeait tous les morceaux de pain grillé les plus brûlés. « Miam ! » disait-il, « Du charbon ! Excellent pour la santé ! » et « Du pain brûlé ! C'est ce que je préfère ! », et il mangeait tout. Quand j'ai été bien plus âgé, il m'a avoué qu'il n'avait jamais aimé le pain brûlé, qu'il ne le mangeait que pour éviter de le gaspiller et, l'espace d'un bref moment, toute mon enfance m'a fait l'effet d'un mensonge : on aurait dit qu'une des colonnes de la foi sur lesquelles était édifié mon univers avait croulé, changée en sable sec.

Le policier a parlé à la radio, à l'avant de son véhicule.

Puis il a traversé la route pour venir me trouver. « Désolé, fiston, m'a-t-il dit. Mais d'autres voitures vont arriver par la route, dans une minute. On va te trouver un endroit où tu pourras attendre sans être dans les jambes. Tu veux retourner t'asseoir à l'arrière de ma voiture ? »

J'ai secoué la tête. Je n'en avais pas envie, non.

Quelqu'un, une petite fille, a dit : « Il peut revenir à la ferme avec moi. Ça pose pas de problème. »

Elle était beaucoup plus vieille que moi, onze ans au moins. Elle avait des cheveux brun-roux, coupés relativement court pour une fille, et un nez retroussé. Elle était marquée de taches de rousseur. Elle portait une jupe rouge – les filles ne portaient guère le jeans, à l'époque, du moins dans la région. Elle avait un léger accent du Sussex et de perçants yeux gris-bleu.

Le policier, accompagné de la fillette, s'est rendu auprès de mon père, elle a reçu la permission de m'emmener, et j'ai donc suivi le chemin en sa compagnie.

« Il y a un monsieur mort dans notre voiture, ai-je dit.

— C'est pour ça qu'il est venu ici, m'a-t-elle répondu. Le bout de la route. Pas de risque qu'on le trouve et qu'on l'arrête, par ici, à trois heures du matin. Et puis, là-bas, la boue est humide et facile à modeler.

— Tu crois qu'il s'est tué ?

— Oui. Tu aimes ça, le lait ? Mémé est en train de traire Bessie, justement.

— Tu veux dire, du vrai lait de vache ? » ai-je demandé ; et puis je me suis senti bête. Mais elle a hoché la tête, pour me rassurer.

J'y ai réfléchi. Je n'avais jamais bu de lait qui ne sortait pas d'une bouteille. « Ça me plairait, je crois. »

Nous nous sommes arrêtés à une petite grange où une vieille femme, bien plus âgée que mes parents, avec de longs cheveux gris, pareils à des toiles d'araignées, et un visage maigre, se tenait à côté d'une vache. De longs tuyaux noirs étaient attachés aux pis de l'animal. « Avant, on les trayait à la main, m'a-t-elle expliqué. Mais c'est plus facile, comme ça. »

Elle m'a montré comment le lait circulait le long des tuyaux noirs, de la vache à la machine, puis à un refroidisseur et dans de gigantesques bidons de métal. On laissait les bidons sur une lourde plateforme en bois devant la grange, où un camion venait chaque jour les collecter.

La vieille dame m'a donné une tasse du lait crémeux de Bessie la vache, du lait tout chaud, avant qu'il ne soit passé dans le refroidisseur. Rien de ce que j'avais pu boire n'avait jamais eu un tel goût : riche, tiède et parfaitement heureux dans ma bouche. Je me suis souvenu de ce lait longtemps après avoir oublié tout le reste.

« Il y en a d'autres en haut du chemin, a soudain annoncé la vieille femme. De toutes sortes, qui arrivent avec leurs feux clignotants et tout. En voilà, une histoire. Tu devrais emmener le petit dans la cuisine. Il a faim, et une tasse de lait, ça suffit pas, pour un gamin en pleine croissance.

— T'as mangé ? m'a demandé la fillette.

— Juste du pain grillé. Il était brûlé.

— Je m'appelle Lettie, a-t-elle dit. Lettie Hempstock. Ici, c'est la ferme Hempstock. Allez, viens. » Elle m'a fait entrer par la porte principale dans leur énorme cuisine et m'a assis à une immense table en bois, tellement tachée et veinée qu'on aurait dit que des visages levaient leur regard vers moi hors du bois ancien.

« On déjeune tôt, ici, m'a-t-elle expliqué. On commence la traite au point du jour. Mais il y a du porridge dans la casserole, et de la confiture pour mettre dedans. »

Elle m'a servi un bol en porcelaine rempli de porridge tiède pris sur le dessus du fourneau, avec une cuillère de confiture de mûres maison, ma préférée, au milieu du porridge, puis elle a versé de la crème dessus. J'ai tourné ma cuillère dedans avant de manger, touillant jusqu'à obtenir une bouillie mauve, et j'ai été aussi heureux que j'ai jamais pu l'être pour quoi que ce soit. Le goût était parfait.

Une femme trapue est entrée. Ses cheveux brun-roux étaient striés de gris, et coupés court. Elle avait des joues comme des pommes, une jupe vert bouteille qui lui descendait aux genoux, et des bottes en caoutchouc. Elle a dit : « Ce doit être le petit du haut du chemin. Quelle histoire, cette voiture. Ils vont être cinq à avoir besoin de thé sous peu. »

Lettie a rempli au robinet une énorme bouilloire en cuivre. Elle a allumé un brûleur à gaz avec une allumette et posé la bouilloire sur la flamme. Puis elle a sorti d'un placard cinq mugs ébréchés, et a hésité, avec un coup d'œil en direction de la femme. Celle-ci lui a dit : « Tu as raison. Six. Le docteur sera là, lui aussi. »

Puis la femme a fait la moue et produit un bruit : *Tsk !* « Ils ont raté la lettre, a-t-elle commenté. Lui qui l'avait si soigneusement écrite, pliée et placée dans sa poche poitrine… et ils ont pas encore regardé là.

— Qu'est-ce qu'elle dit ? a demandé Lettie.

— Lis toi-même », a répondu la femme. J'ai pensé que c'était la mère de Lettie. Elle avait un air à être la mère de quelqu'un. Puis elle a ajouté : « Elle dit qu'il a pris tout l'argent que lui avaient confié ses amis pour le faire sortir d'Afrique du

Sud et le déposer pour eux en Angleterre, à la banque, en même temps que tout ce qu'il avait amassé au long des ans à extraire des opales, et il est allé jouer au casino de Brighton ; mais il voulait juste jouer son propre argent. Et ensuite, il a juste voulu piocher dans la somme que lui avaient confiée ses amis, le temps de récupérer l'argent qu'il avait perdu.

» Et puis il lui est plus rien resté, a ajouté la femme, et l'obscurité est tombée.

— Mais c'est pourtant pas ce qu'il a écrit, a rétorqué Lettie en plissant les yeux. Ce qu'il écrit, c'est :

À tous mes amis,

Regrette tellement que les choses ne se soient pas passées comme je voulais et espère que vous trouverez dans vos cœurs la force de me pardonner, parce que moi, j'en suis incapable.

— Ça revient au même », a dit son aînée. Elle s'est retournée vers moi. « Je suis la maman de Lettie, m'a-t-elle dit. Tu as déjà dû rencontrer ma mère, à la laiterie. Je suis Mme Hempstock, mais elle l'était avant moi, et donc, c'est la vieille Mme Hempstock. Ici, c'est la ferme Hempstock. La plus ancienne de la région. Elle figure dans le Livre du Jugement dernier. »

Je me suis demandé pourquoi elles s'appelaient toutes Hempstock, ces femmes, mais je n'ai pas posé la question, pas plus que je n'ai osé demander comment elles connaissaient l'existence de la lettre de suicide ou les pensées du prospecteur d'opales au moment de mourir. Elles discutaient tout cela avec le plus grand naturel.

« Je l'ai poussé, pour qu'il aille regarder dans la poche de poitrine. Il croira y avoir pensé tout seul.

— C'est bien, ma fille, a déclaré Mme Hempstock. Ils vont débarquer quand la bouilloire se mettra à chanter, pour me demander si j'ai vu quoi que ce soit d'inhabituel et pour prendre leur thé. Et si tu amenais le petit jusqu'à la mare ?

— C'est pas une mare, a dit Lettie. C'est mon océan. » Elle s'est retournée vers moi pour me lancer : « Allez, viens. » Elle m'a conduit hors de la maison par le chemin que nous avions pris en entrant.

Le jour restait gris.

Nous avons contourné la maison, longé le sentier des vaches.

« C'est réellement un océan ? ai-je demandé.

— Oh oui. »

Nous y sommes arrivés subitement ; une remise en bois, un vieux banc et, entre eux, une mare aux canards, des eaux noires ponctuées de lentilles d'eau et de nénuphars. Il y avait un poisson mort, argenté comme une pièce de monnaie, qui flottait sur le flanc à la surface.

« Ça va pas, a déclaré Lettie.

— Je croyais que tu avais dit que c'était un océan. Mais en fait, c'est juste une mare.

— Si, c'est un océan. On l'a traversé quand j'étais encore bébé, en venant du vieux pays. »

Lettie est entrée dans la remise pour en ressortir avec une longue perche en bambou, terminée par ce qui ressemblait à un filet à crevettes. Elle s'est penchée, a poussé avec soin le filet sous le poisson mort. Elle l'a retiré.

« Mais la ferme Hempstock figure dans le Livre du Jugement dernier, ai-je insisté. Ta maman l'a dit. Et c'était sous Guillaume le Conquérant.

— Oui », a répondu Lettie Hempstock.

Elle a extrait le poisson mort du filet, pour l'examiner. Il était encore flasque, pas raidi, et il s'est affalé dans sa main. Je n'avais encore jamais vu autant de couleurs : il était argenté, oui, mais sous l'argent, il y avait du bleu, du vert, du mauve, et chaque écaille était bordée de noir.

« C'est quoi, comme espèce de poisson ? ai-je demandé.

— Ça, c'est très bizarre, a-t-elle commenté. Je veux dire, déjà, dans cet océan les poissons meurent pas, en général. » Elle a sorti un canif à manche de corne, mais je n'aurais pas su vous dire d'où, et l'a enfoncé dans le ventre du poisson pour le fendre, en allant vers la queue.

« Voilà ce qui l'a tué », a annoncé Lettie.

Elle a extrait quelque chose du poisson. Ensuite, elle me l'a déposé, encore tout visqueux du contact des tripes, dans la main. Je me suis penché, je l'ai trempé dans l'eau, j'ai frotté mes doigts dessus pour le nettoyer. Je l'ai regardé. Le visage de la reine Victoria m'a rendu mon regard.

« Six pence ? j'ai demandé. Le poisson a avalé une pièce de six pence ?

— C'est pas bon, hein ? » a déclaré Lettie Hempstock. Il y avait un peu de soleil, à présent ; il montrait les taches de rousseur groupées sur ses joues et son nez et, à l'endroit où la lumière touchait ses cheveux, ils étaient d'un rouge cuivré. Et elle a alors ajouté : « Ton père se demande où tu es passé. Il est temps de rentrer. »

J'ai voulu lui remettre la petite monnaie d'argent de six pence, mais elle a secoué la tête. « Garde-la, a-t-elle dit. Tu pourras t'acheter des chocolats ou des bonbons pétillants au citron.

— Je crois pas, non. Elle est trop petite. Je sais pas si les boutiques acceptent des pièces de six pence comme ça, de nos jours.

— Alors, dépose-la dans ta tirelire, a-t-elle dit. Elle te portera peut-être bonheur. » Elle a dit ça sans conviction, comme si elle ne savait pas bien quel genre de bonheur la pièce allait apporter.

Les policiers, mon père, et deux hommes en costume et cravate marron se tenaient dans la cuisine de la ferme. L'un d'eux m'a affirmé qu'il était policier, mais qu'il ne portait pas l'uniforme, ce que j'ai trouvé décevant ; si j'étais policier, j'en avais la conviction, je porterais mon uniforme chaque fois que possible. J'ai reconnu l'autre homme en costume et cravate : le Dr Smithson, notre médecin de famille. Ils terminaient leur thé. Mon père a remercié Mme Hempstock et Lettie de s'être occupées de moi, et elles ont répondu que je n'avais posé aucun problème, et que je pouvais revenir quand je voudrais. Le policier qui nous avait conduits jusqu'à la Mini nous a alors raccompagnés en voiture chez nous et déposés au bout de l'allée.

« Il vaut peut-être mieux que tu ne parles pas de ça à ta sœur », a dit mon père.

Je n'avais envie d'en parler à personne. J'avais découvert un endroit spécial, je m'étais fait une nouvelle amie, j'avais perdu mon illustré et je serrais dans ma main une pièce ancienne de six pence en argent.

J'ai demandé : « Qu'est-ce qui rend l'océan différent de la mer ?

— Plus grand, a répondu mon père. Un océan est bien plus grand qu'une mer. Pourquoi ?

— Je me demandais, c'est tout. On pourrait avoir un océan qui soit petit comme une mare à canards ?

— Non. Une mare a la taille d'une mare, un lac la taille d'un lac. Les mers sont des mers, et les océans des océans. Atlantique, Pacifique, Indien, Arctique. Je crois que c'est tout ce qui existe, comme océans. »

Mon père est monté dans sa chambre parler à ma mère et utiliser le téléphone là-haut. J'ai laissé tomber les six pence d'argent dans ma tirelire. C'était une de ces tirelires en porcelaine dont on ne peut rien retirer. Un jour, quand elle ne pourrait plus contenir de pièces, j'aurais le droit de la casser, mais elle était loin d'être pleine.

III

Je n'ai plus jamais revu la Mini blanche. Deux jours plus tard, le lundi, mon père a réceptionné une Rover noire, avec des sièges en cuir rouge craquelé. C'était une plus grosse voiture que la Mini, mais pas aussi confortable. Une odeur de vieux cigares imprégnait le cuir des banquettes, et les longs trajets à l'arrière de la Rover nous ont toujours donné la nausée.

La Rover noire n'a pas été seule à arriver ce lundi matin. J'ai également reçu une lettre.

J'avais sept ans, et jamais je ne recevais de lettres. Je recevais des cartes, pour mon anniversaire, de mes grands-parents et d'Ellen Henderson, une amie de ma mère que je ne connaissais pas. Pour mon anniversaire, Ellen Henderson, qui vivait dans un camping-car, m'envoyait un mouchoir. Je ne recevais pas de lettres. Néanmoins, je vérifiais le courrier chaque jour pour voir s'il y avait quelque chose pour moi.

Et ce matin-là, c'était le cas.

J'ai ouvert l'enveloppe, je n'ai pas compris ce que je voyais et je l'ai apporté à ma mère.

« Tu as gagné aux obligations à prime, m'a-t-elle dit.

— Qu'est-ce que ça veut dire ?

— À ta naissance – à la naissance de tous ses petits-enfants –, ta grand-mère t'a acheté une obligation à prime. Et si ton numéro sort, tu peux gagner des milliers de livres.

— Et j'ai gagné des milliers de livres ?

— Non. » Elle a parcouru le morceau de papier. « Tu as gagné treize livres et onze shillings. »

J'étais triste de ne pas avoir gagné des milliers de livres (je savais déjà ce que j'allais acheter avec. Je me paierais un endroit où je pourrais me retrouver tout seul, une sorte de Batcave, avec une entrée dérobée), mais j'étais ravi de me retrouver en possession d'une fortune qui dépassait tous mes rêves jusque-là. Treize livres et onze shillings. Pour un penny, je pouvais acheter quatre petits bonbons à l'anis ou aux fruits ; ils coûtaient un farthing l'un, même si les farthings n'existaient plus. Treize livres et onze shillings, à deux cent quarante pennies dans une livre et quatre bonbons par penny[1], ça représentait… plus de bonbons que je ne pouvais aisément en concevoir.

« Je verserai ça sur ton compte à la Poste », a dit ma mère, brisant mes rêves.

Je n'avais pas plus de bonbons que je n'en avais eu le matin même. Pourtant, j'étais riche. Plus

---

1. Avant l'avènement de la monnaie décimale en 1971, au Royaume-Uni, une livre sterling valait vingt shillings, ou quatre couronnes ; un shilling valait douze pennies, ou quatre three-pence (ou thrupenny bits) ; et un penny valait deux halfpen-nies, ou quatre farthings. Ajoutons qu'une guinée valait une livre et un penny, et nous aurons résumé l'essentiel d'une monnaie à laquelle le passage à la livre de cent pence a fait perdre beaucoup de pittoresque, et gagner pas mal de commodité. (NdT)

riche de treize livres et onze shillings que je ne l'étais quelques instants plus tôt. Je n'avais jamais rien gagné, jamais.

Je lui ai demandé me montrer une fois de plus le morceau de papier avec mon nom dessus, avant qu'elle ne le range dans son sac à main.

C'était le lundi matin. Cet après-midi-là, le très vieux M. Wollery, qui venait les lundis et jeudis après-midi s'occuper du jardin (Mme Wollery, sa tout aussi vieille épouse, qui portait des caoutchoucs, d'énormes protections de chaussures semi-transparentes, venait le mercredi après-midi s'occuper du ménage), binait le potager et a déterré une bouteille remplie de pennies, de demi-pence, de pièces de trois pence et même de farthings. Aucune n'était datée de plus tard que 1937, et j'ai passé l'après-midi à les briquer avec de la sauce brune et du vinaigre, pour les faire reluire.

Ma mère a déposé la bouteille de vieilles monnaies sur le manteau de la cheminée dans la salle à manger, et dit qu'elle voyait bien un collectionneur de pièces en offrir plusieurs livres.

Je suis allé me coucher heureux et surexcité, ce soir-là. J'étais riche. On avait mis au jour un trésor enfoui. Le monde était un bel endroit.

Je ne me souviens pas comment les rêves ont commencé. Mais c'est normal, avec les rêves, non ? Je sais que j'étais à l'école et que la journée se passait mal, à me cacher du type de gamins qui me frappaient et me traitaient de tout ; mais ils me trouvaient quand même, dans les profondeurs du bosquet de rhododendrons derrière l'école, et j'ai su que ce devait être un rêve (pourtant, je ne le savais pas dans le rêve, c'était réel et c'était vrai) parce que mon grand-père se trouvait parmi eux, ainsi que ses amis, des vieillards à la peau grise et à la toux sèche. Ils tenaient des crayons bien taillés, de ceux qui faisaient saigner quand on vous piquait avec. Je les fuyais, mais ils étaient plus rapides que moi, les vieillards et les grands, et ils me rattrapaient dans les toilettes des garçons, où je m'étais tapi dans un des cabinets. Ils me plaquaient au sol, me forçaient à ouvrir grand la bouche.

Mon grand-père (mais ce n'était pas mon grand-père : c'était une statue de cire de lui, en fait, bien décidée à me vendre aux *anatomistes*) tenait un objet coupant et brillant, et il a commencé à me l'enfoncer dans la bouche, avec ses doigts courts. C'était dur, aigu et familier, et ça me faisait m'étrangler et m'étouffer. Ma bouche s'est emplie d'un goût métallique.

Ils me regardaient avec des yeux méchants, triomphants, tous ces gens dans les toilettes des garçons, et j'ai essayé de ne pas m'étrangler sur l'objet dans ma gorge, déterminé à ne pas leur donner cette satisfaction.

Je me suis réveillé et j'étouffais.

J'avais le souffle coupé. Quelque chose de dur et d'aigu, au fond de ma gorge, m'empêchait de respirer ou de crier. Je me suis mis à tousser en émergeant du sommeil, avec des larmes qui me roulaient sur les joues, le nez qui coulait.

J'ai plongé mes doigts le plus profondément possible dans ma bouche, affolé, paniqué et déterminé. Du bout de l'index, j'ai senti le bord d'un objet dur. J'ai placé mon médius de l'autre côté, me suffoquant, et, coinçant l'objet entre mes doigts, j'ai retiré de ma gorge le corps étranger.

J'ai hoqueté en quête de souffle, puis j'ai vomi à demi sur mes draps, rendant une bave claire, tachée de sang à cause de ce qui m'avait entamé la gorge quand je l'avais extrait.

Je n'ai pas regardé l'objet. Il était serré dans mon poing, englué de salive et de mucus. Je ne voulais pas le regarder. Je ne voulais pas qu'il existe, ce pont entre mon rêve et le monde de l'éveil.

J'ai couru dans le couloir jusqu'à la salle de bains, à l'autre bout de la maison. Je me suis rincé la bouche, j'ai bu directement au robinet d'eau froide et j'ai craché rouge dans le lavabo blanc. C'est seulement après avoir fait cela que je me suis assis sur le rebord de la baignoire blanche et que j'ai ouvert le poing. J'avais peur.

Mais ce que j'avais dans la main – ce qui avait été logé dans ma gorge – n'avait rien d'effrayant. Il s'agissait d'une simple pièce de monnaie : un shilling d'argent.

Je suis retourné dans la chambre. Je me suis habillé, j'ai nettoyé de mon mieux le vomi sur les draps avec un linge de toilette humide. J'espérais que les draps auraient séché avant que je doive me mettre au lit ce soir-là. Ensuite, je suis descendu.

Je voulais parler à quelqu'un du shilling, mais je ne savais pas à qui. Je connaissais assez les adultes pour savoir que, si je leur racontais ce qui s'était passé, on ne me croirait pas. Ils semblaient rarement me croire quand je disais la vérité, de toute façon. Pourquoi le feraient-ils sur un sujet aussi invraisemblable ?

Ma sœur jouait dans le jardin à l'arrière avec plusieurs de ses amies. Elle a accouru avec colère en me voyant. Elle m'a crié : « Je te déteste. Je le dirai à Papa et à Maman, quand ils rentreront.

— Quoi ?

— Tu le sais, quoi. Je le sais, que c'était toi.

— Moi qui quoi ?

— Tu m'as jeté des pièces dessus. Sur nous toutes. Depuis les buissons. C'était méchant.

— Mais j'ai rien fait.

— Ça nous a fait mal ! »

Elle est repartie auprès de ses amies, et elles m'ont toutes regardé d'un œil noir. J'avais la gorge douloureuse, à vif.

J'ai suivi l'allée. Je ne sais pas où j'avais l'intention d'aller – simplement, je ne voulais plus rester là.

Lettie Hempstock se tenait au bas de l'allée, sous les châtaigniers. On aurait dit qu'elle attendait depuis cent ans et qu'elle pourrait attendre cent de plus. Elle portait une robe blanche, mais la lumière qui filtrait à travers les jeunes feuilles printanières des châtaigniers la colorait en vert.

J'ai dit : « Bonjour. »

Elle m'a dit : « Tu as fait de mauvais rêves, non ? »

J'ai sorti le shilling de ma poche et le lui ai montré. « Je me suis étouffé avec. En me réveillant. Mais je sais pas comment il est entré dans ma bouche. Si quelqu'un l'y avait mis, je me serais réveillé. Il était déjà *dedans*, quand je me suis réveillé.

— Oui, a-t-elle dit.

— Ma sœur raconte que je leur ai lancé des pièces depuis les buissons, mais j'ai rien fait.

Non, a-t-elle assuré. T'as rien fait. »

J'ai demandé : « Lettie ? Qu'est-ce qu'il se passe ?

— Oh, a-t-elle répondu comme si c'était évident. Quelqu'un qui essaie simplement de donner de l'argent aux gens, voilà tout. Mais il s'y prend très mal et ça excite par ici des choses qui devraient dormir. Et ça, c'est pas bon.

— Ça a un rapport avec le monsieur qui est mort ?

— Un rapport avec lui. Oui.

— C'est lui, qui fait ça ? »

Elle a secoué la tête. Puis elle m'a demandé : « T'as pris ton petit déjeuner ? »

C'est moi qui ai secoué la tête.

« Hé bien alors, m'a-t-elle dit, viens. »

Nous avons descendu le chemin ensemble. Il y avait çà et là quelques maisons au fil du chemin, à l'époque, et elle les a indiquées au passage. « Dans cette maison, a raconté Lettie Hempstock, un homme a rêvé qu'on le vendait et qu'on le transformait en argent. À présent, il a commencé à voir des choses dans les miroirs.

— Quel genre de choses ?

— Lui-même. Mais avec des doigts qui lui pointent par les orbites. Et des choses qui lui sortent de la bouche. Comme des pinces de crabe. »

J'ai imaginé des gens avec des pattes de crabe qui leur sortaient de la bouche, dans les miroirs. « Pourquoi est-ce que j'ai trouvé un shilling dans ma gorge ?

— Il voulait que les gens aient de l'argent.

— Le chercheur d'opales ? Qui est mort dans la voiture ?

— Oui. Plus ou moins. Pas exactement. Il a tout déclenché, comme quelqu'un qui allume la mèche d'un feu d'artifice. Sa mort a enflammé le papier de touche. Ce qui explose en ce moment même, c'est pas lui. C'est quelqu'un d'autre. Quelque chose d'autre. »

D'une main crasseuse, elle s'est frotté son nez couvert de taches de rousseur.

« Une dame est devenue folle, dans cette maison-là », m'a-t-elle annoncé, et l'idée d'en douter ne me serait pas venue. « Elle a de l'argent dans son matelas. À présent, elle veut plus quitter son lit, au cas où quelqu'un le lui prendrait.

— Comment tu le sais ? »

Elle a haussé les épaules. « Une fois qu'on a un peu vécu, on commence à savoir des choses. »

J'ai donné un coup de pied dans un caillou. « Par "un peu" tu veux dire "très longtemps" ? »

Elle a hoché la tête.

« Quel âge t'as, en réalité ? ai-je demandé.

— Onze ans. »

J'ai réfléchi un moment. Puis j'ai demandé : « Depuis combien de temps t'as onze ans ? »

Elle m'a souri.

Nous avons dépassé la ferme Caraway. Les fermiers qu'un jour je connaîtrais pour être les parents de Callie Anders étaient dans leur cour et s'interpellaient bruyamment. Ils se sont arrêtés en nous voyant.

Une fois dépassé un coude du chemin, lorsque nous avons été hors de vue, Lettie a commenté : « Pauvres gens.

— Pourquoi, pauvres gens ?

— Parce qu'ils ont des ennuis d'argent. Et ce matin, il a fait un rêve où elle… elle faisait de vilaines choses. Pour gagner de l'argent. Alors, il a été regarder dans son sac et il a trouvé plein de billets de dix shillings pliés. Elle a dit qu'elle sait pas d'où ils sortent, et il la croit pas. Il sait pas ce qu'il doit croire.

— Toutes ces disputes et ces rêves. C'est des histoires d'argent, non ?

— Je suis pas sûre », a répondu Lettie, et elle a paru tellement adulte à ce moment-là que j'ai presque eu peur d'elle.

« Peu importe ce qui se passe, a-t-elle fini par déclarer, on peut tout arranger. » Elle a alors vu l'expression sur mon visage : inquiète. Et même effrayée. Et elle a ajouté : « Après les crêpes. »

Lettie nous a préparé des crêpes sur une grande plaque en métal, sur le fourneau de la cuisine. Elles étaient fines comme une feuille de papier et, lorsque chaque crêpe était cuite, Lettie pressait un citron au-dessus d'elle, laissait tomber une cuillère de confiture de prunes au centre, et la roulait serrée, comme un cigare. Quand il y en a eu assez, nous nous sommes assis à la table de la cuisine et nous les avons dévorées.

Dans la pièce se trouvait une cheminée avec, dans le foyer, des cendres encore fumantes de la veille au soir. Cette cuisine était un endroit amical, me suis-je dit.

J'ai déclaré à Lettie : « J'ai peur. »

Elle m'a souri. « Je vais veiller à ce que t'aies rien à craindre. Je te promets. J'ai pas peur, moi. »

Moi si, j'avais encore de la crainte, mais plus autant. « Ça fait vraiment peur.

— J'ai dit que je promettais. Je laisserai rien te faire du mal.

— Du mal ? a lancé une voix aiguë, craquelée. Qui a mal ? Qui lui a fait du mal ? Pourquoi ferait-on du mal à quelqu'un ? »

C'était la vieille Mme Hempstock, tenant son tablier entre ses mains et, dans la panse du tablier, tant de jonquilles que la lumière qu'elles renvoyaient changeait son visage en or et que la cuisine semblait baignée d'une clarté jaune.

« Quelque chose fait des histoires, a dit Lettie. Ça donne de l'argent aux gens. Dans leurs rêves et dans la vie réelle. » Elle a montré mon shilling à la vieille dame. « Mon ami s'est retrouvé en train de s'étrangler sur ce shilling, en se réveillant, ce matin. »

La vieille Mme Hempstock a déposé son tablier sur la table de la cuisine, a rapidement dégagé les jonquilles de l'étoffe vers le bois. Puis elle a pris le shilling des mains de Lettie. Elle l'a inspecté en plissant les yeux, reniflé, frotté et écouté (ou porté à l'oreille, en tout cas), puis touché du bout de sa langue mauve.

« Elle est neuve, a-t-elle fini par dire. Y a marqué 1912 dessus, mais elle existait pas hier.

— Je savais bien qu'elle avait quelque chose de drôle », a renchéri Lettie.

J'ai levé les yeux vers la vieille Mme Hempstock. « Comment vous savez ?

— Bonne question, mon chou. Surtout par la dégradation des électrons. Faut regarder les objets de près pour bien voir les électrons. C'est les tout petits trucs qui ont l'air de sourires minuscules. Les neutrons, c'est les gris qui ressemblent à des grimaces. Les électrons, ils souriaient tous un peu trop pour 1912, alors j'ai été examiner la bordure des lettres et la tête du vieux roi, et tout ça était un brin trop propre et trop net. Même là où c'était usé, on aurait dit que ça avait été créé usé.

— Vous devez avoir une très bonne vue », ai-je commenté. J'étais impressionné. Elle m'a rendu la pièce.

« Plus autant qu'autrefois, mais, après tout, quand t'en arriveras à mon âge, toi non plus t'auras plus d'aussi bons yeux qu'autrefois. » Et elle s'est esclaffée, comme si elle avait dit quelque chose de très drôle.

« Et c'est quel âge ? »

Lettie m'a regardé et je me suis demandé avec inquiétude si je n'avais pas été impoli. Parfois, les adultes n'aimaient pas qu'on leur demande leur âge, et d'autres fois, si. Selon mon expérience, les vieux aimaient ça. Ils étaient fiers de leur âge. Mme Wollery avait soixante-dix-sept ans, M. Wollery quatre-vingt-neuf, et ils aimaient nous répéter combien ils étaient vieux.

La vieille Mme Hempstock s'est dirigée vers un placard et en a sorti plusieurs vases colorés. « Un certain âge, a-t-elle dit. Je me souviens de la fabrication de la lune.

— Il y a pas toujours eu une lune ?

— T'es mignon. Absolument pas. Je me souviens du jour où la lune est arrivée. On a levé les yeux vers le ciel – c'était tout marron sale et gris comme la suie, ici, à l'époque, pas vert et bleu… » Elle a à moitié rempli chaque vase à l'évier. Puis elle a pris une paire de ciseaux de cuisine noircis et a sectionné le dernier centimètre de tige sur chacune des jonquilles.

« Vous êtes sûre que c'est pas le fantôme du monsieur qui fait tout ça ? lui ai-je demandé. Vous êtes sûre qu'on est pas hantés ? »

Elles ont alors ri, toutes les deux, la fillette et la vieille femme, et je me suis senti bête. « Pardon, j'ai dit.

— Les fantômes peuvent pas créer d'objets, a expliqué Lettie. Ils savent même pas bien les faire bouger.

— Va chercher ta mère, lui a dit la vieille Mme Hempstock. Elle fait la lessive. » Puis, s'adressant à moi : « Tu vas m'aider avec les jonquilles. »

Je l'ai assistée pour disposer les fleurs dans les vases et elle m'a demandé mon avis sur l'endroit où placer les vases dans la cuisine. Nous les avons installés où je le suggérais et je me suis senti merveilleusement important.

Les jonquilles posaient comme des taches de soleil, rendant cette sombre cuisine de bois encore plus joyeuse. Elle avait un sol de dalles rouges et grises. Les murs étaient chaulés.

Sur une soucoupe ébréchée, la vieille femme m'a servi un morceau de rayon de miel, venu de la propre ruche des Hempstock, et elle a versé un peu de crème par-dessus, avec un pichet. Je l'ai mangé à la cuillère, mastiquant la cire comme un chewing-gum, laissant le miel me couler en bouche, sucré et collant avec un arrière-goût de fleurs sauvages.

Je curais le restant de crème et de miel sur la soucoupe quand Lettie et sa mère sont entrées dans la cuisine. Mme Hempstock était encore chaussée de grosses bottes en caoutchouc, et elle est arrivée à grands pas, comme si elle était extrêmement pressée. « Maman ! a-t-elle protesté. Donner du miel à ce gamin. Tu vas lui pourrir les dents. »

La vieille Mme Hempstock a haussé les épaules. « Je causerai aux gigoteurs dans sa bouche, a-t-elle répondu. Je leur dirai de laisser ses dents tranquilles.

— On commande pas comme ça aux bactéries, a répliqué la plus jeune des deux dames Hempstock. Elles aiment pas ça.

— Balivernes, tout ça, a rétorqué la vieille dame. Si tu leur lâches la bride, aux gigoteurs, ils s'en donneront à cœur joie. Mais si tu leur apprends qui est le patron, ils sauront plus quoi faire pour te faire plaisir. T'as goûté mon fromage. » Elle se retourna vers moi. « J'ai remporté des médailles, pour mon fromage. Des médailles ! Du temps du roi d'avant, y avait des gens qui voyageaient une semaine à cheval pour acheter une de mes meules de fromage. On dit que le roi lui-même en mangeait avec son pain, et ses fils, le prince Dick, le prince Geoffrey et même le petit prince Jean, ils juraient que c'était le meilleur fromage qu'ils aient jamais goûté…

— Mémé », a dit Lettie, et la vieille dame s'est interrompue en plein élan.

« Tu vas avoir besoin d'une baguette de coudrier, a jugé la mère de Lettie. Et (a-t-elle ajouté sur un ton quelque peu dubitatif) je suppose que tu pourrais emmener le petit. La pièce est à lui, et elle sera plus facile à transporter s'il est avec toi. Un objet qu'elle a créé.

— Elle ? » a demandé Lettie.

Elle tenait son canif à manche de corne, la lame repliée.

« D'après le goût, c'est une elle, a répondu sa mère. Je pourrais me tromper, remarque.

— Emmène pas le gamin, a déclaré la vieille Mme Hempstock. C'est chercher les ennuis, ça. »

J'étais déçu.

« Tout se passera très bien, a dit Lettie. Je m'occuperai de lui. De lui et de moi. Ça sera une aventure. Et il me tiendra compagnie. S'il te plaît, Mémé ? »

J'ai levé les yeux vers la vieille Mme Hempstock, l'espoir au visage, et j'ai attendu.

« Viens pas dire que je t'ai pas prévenue, si tout tourne vinaigre, a conclu la vieille Mme Hempstock.

— Merci, Mémé. Je le dirai pas. Et je ferai attention. »

La vieille Mme Hempstock a reniflé. « Bon, va pas faire de sottises. Approche-t'en avec prudence. Attache-la, barre-lui ses passages et renvoie-la dormir.

— Je sais, a assuré Lettie. Je sais tout ça. Promis. Tout va bien se passer, pour nous. »

C'est ce qu'elle a dit. Mais ça ne s'est pas bien passé.

IV

Lettie m'a conduit jusqu'à un bosquet de noisetiers près de la vieille route (les arbres étaient surchargés de chatons, au printemps) et elle a cassé une branche fine. Ensuite, avec son canif, comme si elle l'avait déjà fait dix mille fois, elle a écorcé la branche, l'a retaillée de façon qu'elle ressemble désormais à un Y. Elle a rangé son canif (je n'ai pas vu où il était passé) et a pris les deux branches du Y dans ses mains.

« Je cherche pas de source, m'a-t-elle précisé. Je m'en sers juste comme guide. On cherche quelque chose de bleu… une bouteille bleue, je crois, pour commencer. Ou un objet bleu-mauve, et brillant. »

J'ai regardé autour de moi avec elle. « J'en vois aucun.

— Il va y en avoir un », a-t-elle assuré.

J'ai scruté les alentours, considérant l'herbe, un poulet brun-roux qui picorait au bord de l'allée, une machine agricole rouillée, la table en bois sur tréteaux près de la route, et les six bidons de lait en métal qui étaient posés dessus, vides. J'ai vu la ferme en brique rouge des Hempstock, ramassée et confortable comme un animal au repos. J'ai vu les fleurs printanières ; les pâquerettes blanc

et jaune, omniprésentes, les boutons d'or jaunes
– *est-ce que tu aimes le beurre ?* –, les pissenlits
et, en retard sur la saison, une campanule solitaire
dans les ombres sous la table aux bidons de lait,
encore luisante de rosée...

« Ça ? ai-je demandé.

— T'as de bons yeux », a-t-elle commenté, sur
un ton approbateur.

Nous avons marché ensemble jusqu'à la campanule. En l'atteignant, Lettie a fermé les yeux. Elle a
tourné son corps d'un côté et de l'autre, la baguette
de coudrier tendue, comme si la fillette était le pivot
d'une horloge ou d'une boussole, dont la baguette
serait les aiguilles, qui s'orientaient vers un minuit
ou un est que je ne pouvais pas percevoir.

« Noir, a-t-elle déclaré subitement comme si elle
décrivait un détail dans un rêve. Et doux. »

Nous nous sommes éloignés de la campanule, le
long du chemin dont j'imaginais, parfois, qu'il avait
dû être une route romaine. Nous avions progressé
d'une centaine de mètres, près de l'endroit où
avait été garée la Mini, quand Lettie l'a repéré :
un lambeau de chiffon noir pris aux barbelés de
la clôture.

Elle s'en est approchée. À nouveau, baguette de
noisetier brandie, à nouveau lentes oscillations.
« Rouge, a-t-elle annoncé avec assurance. Très
rouge. Par là. »

Nous avons avancé ensemble dans la direction
qu'elle indiquait. À travers un pré, jusque dans un
bouquet d'arbres. « Là », ai-je signalé, fasciné. La
dépouille d'un tout petit animal – une musaraigne,
semblait-il – gisait sur une touffe de mousse verte.
Il n'avait pas de tête et du sang rouge tachait sa
fourrure et perlait sur la mousse. Il était très rouge.

« Bon, à partir d'ici, a dit Lettie, tiens-toi à mon bras. Me lâche pas. »

J'ai tendu ma main droite et saisi son bras gauche, juste au-dessous du coude. Elle a déplacé sa baguette de noisetier. « Par ici, a-t-elle décidé.

— Qu'est-ce qu'on cherche, maintenant ?

— On approche. Ce qu'on cherche ensuite, c'est un orage. »

Nous nous sommes enfoncés dans un groupe d'arbres et, à travers eux, dans un bois, et nous nous sommes faufilés entre des troncs trop rapprochés, leur feuillage formant une voûte épaisse au-dessus de nos têtes ; nous avons découvert une clairière dans le bois et nous l'avons longée, dans un monde devenu vert.

Sur notre gauche est monté un grommellement de tonnerre au loin.

« Orage », a chanté Lettie. Elle a laissé son corps tanguer de nouveau, et j'ai tourné avec elle, en la tenant par le bras. Au contact de son bras, j'ai senti, à moins que je ne l'aie imaginée, une vibration qui me parcourait, comme si je touchais de puissants moteurs.

Elle est partie dans une nouvelle direction. Nous avons traversé ensemble un ruisseau minuscule. Puis elle s'est arrêtée, subitement, et a trébuché, mais sans tomber.

« On est arrivés ? ai-je demandé.

— Pas encore. Non. Ça sait que nous arrivons. Ça nous sent. Et ça veut pas que nous venions jusqu'à lui. »

La baguette de noisetier fouettait l'air, à présent, comme un aimant repoussé par un pôle opposé. Lettie a souri.

Une rafale de vent nous a jeté à la figure des feuilles et de la terre. Au loin, j'entendais gronder quelque chose, comme un train. Il devenait de plus en plus difficile de voir, et le ciel que je distinguais au-dessus de la voûte de feuilles était sombre, comme si d'énormes nuées d'orage étaient venues s'installer au-dessus de nos têtes, ou comme si on était passé directement de la matinée au crépuscule.

Lettie a crié : « Baisse-toi ! », et elle s'est accroupie sur la mousse, me tirant vers le bas avec elle. Elle est restée couchée, et j'étais étendu à côté d'elle, à me sentir un peu ridicule. Le sol était humide.

« Combien de temps on…

— Chut ! » Elle semblait presque en colère. Je n'ai rien dit.

Quelque chose est arrivé à travers bois, au-dessus de nos têtes. J'ai levé les yeux vers le haut, j'ai vu une forme brune et velue, mais plate, comme un immense tapis, qui battait et se recourbait sur les bords et, à l'avant du tapis, une gueule remplie de dizaines de petites dents tranchantes, orientée vers le bas.

Ça a voleté et flotté au-dessus de nous, et puis ça a disparu.

« Qu'est-ce que c'était ? » ai-je demandé, mon cœur battant si fort dans ma poitrine que je ne savais pas si je pourrais me relever.

« Un loup manta, a dit Lettie. On est déjà allés un peu plus loin que je pensais. » Elle s'est remise debout et a regardé dans la direction où était partie la créature velue. Elle a levé le bout de sa baguette de noisetier et pivoté lentement.

« Je capte rien. » Elle a secoué la tête pour chasser ses cheveux de ses yeux, sans lâcher les branches de sa baguette. « Soit ça se cache, soit on est trop près. » Elle s'est mordu la lèvre. Puis elle a dit : « Le shilling. Celui que tu avais dans la gorge. Sors-le. »

Je l'ai extrait de ma poche avec la main gauche, et le lui ai tendu.

« Non. Je peux pas y toucher, pas pour l'instant. Pose-le sur la fourche du bâton. »

Je n'ai pas demandé pourquoi. J'ai simplement placé le shilling d'argent à la bifurcation du Y. Lettie a tendu les bras et a pivoté très lentement, le bout de sa baguette pointé droit devant elle. Je me suis déplacé avec elle, mais je ne sentais rien. Pas de moteurs qui vibraient. Nous avions décrit plus d'un demi-cercle quand elle s'est arrêtée et a lancé : « Regarde ! »

J'ai regardé dans la direction à laquelle elle faisait face, mais je n'ai rien vu, que des arbres, et des ombres dans le bois.

« Non, regarde. Là. » Elle a montré avec la tête.

La pointe de la baguette de noisetier avait commencé à fumer, doucement. Elle s'est tournée un peu vers la gauche, un peu vers la droite, encore un peu plus à droite, et le bout de la baguette s'est mis à luire d'un orange vif.

« Voilà quelque chose que j'ai encore jamais vu, a dit Lettie. Je me sers de la pièce comme d'un amplificateur, mais on dirait que… »

Il y a eu un *Wooouuff !* et la pointe du bâton s'est embrasée. Lettie l'a enfoncée dans la mousse humide. Elle m'a dit : « Récupère ta pièce », ce que j'ai fait en la saisissant avec précaution, au cas où elle serait chaude, mais elle était froide comme la glace. Lettie a abandonné la baguette de coudrier derrière elle, sur la mousse, son bout charbonneux fumant encore avec irritation.

Lettie avançait et je marchais à ses côtés. Nous nous tenions à présent par la main, ma main droite dans sa gauche. L'air avait une odeur étrange, comme des feux d'artifice, et le monde devenait plus sombre à chaque pas que nous faisions à l'intérieur dans la forêt.

« J'ai dit que je te protégerais, non ? a demandé Lettie.

— Oui.

— J'ai promis que je laisserais rien te faire de mal.

— Oui.

— Continue à me tenir la main. Me lâche pas. Quoi qu'il arrive, me lâche pas. »

Sa main était chaude mais ne transpirait pas. Elle me rassurait.

« Tiens-moi la main, a-t-elle répété. Et ne fais rien, sauf si je te le demande. T'as bien compris ?

— Je me sens pas vraiment en sécurité. »

Elle ne m'a pas contredit. Elle a dit : « On est allés plus loin que je l'imaginais. Plus loin que je m'y attendais. Je suis pas vraiment sûre de savoir quelles sortes de créatures vivent ici sur les marges. »

Les arbres se sont arrêtés, et nous sommes sortis en rase campagne.

« On est loin de ta ferme ? lui ai-je demandé.

— Non. On est encore sur les frontières de la ferme. La ferme Hempstock s'étend très loin. On a apporté beaucoup de tout ceci du vieux pays avec nous, en arrivant ici. La ferme est venue avec nous, et elle a transporté des créatures avec elle, en venant. Mémé les appelle des puces. »

Je ne savais pas où nous étions, mais je ne parvenais pas à croire que nous nous trouvions encore sur les terres des Hempstock, pas plus que je ne croyais que nous étions dans le monde dans lequel j'avais grandi. Le ciel de cet endroit avait cet orange terne des feux de signalisation ; les plantes, qui se hérissaient de pointes, comme d'énormes pieds d'aloès déchiquetés, étaient d'un vert sombre et argenté et donnaient l'impression d'être du métal de fusil martelé.

La pièce dans ma main gauche, qui s'était réchauffée à la chaleur de mon corps, a recommencé à refroidir, jusqu'à ressembler à un glaçon. Ma main droite serrait celle de Lettie Hempstock aussi fort que je le pouvais.

« On est arrivés », a-t-elle déclaré.

J'ai cru que je regardais un bâtiment, tout d'abord : que c'était un genre de chapiteau, aussi haut qu'une église de campagne, composé de toile grise et rose qui claquait sous les rafales du vent d'orage, dans ce ciel orange ; une structure de guingois, en toile décatie par les éléments et déchirée par le temps.

Et puis elle s'est tournée, j'ai vu sa figure et j'ai entendu quelque chose pousser une sorte de geignement, comme un chien qui a reçu un coup de pied, et je me suis aperçu que l'être qui geignait, c'était moi.

Son visage était en lambeaux, et ses yeux, de profonds trous dans le tissu. Il n'y avait rien, derrière ; un simple masque de toile grise, plus vaste que je n'aurais pu l'imaginer, tout cela déchiré et fendu, soulevé par les rafales du vent d'orage.

Quelque chose a remué, et la créature de lambeaux a baissé les yeux vers nous.

« Nomme-toi », a demandé Lettie Hempstock.

Il y a eu une pause. Des yeux vides nous ont considérés. Puis une voix aussi dénuée de traits que le vent a dit : « Je suis la dame de ce lieu. Je suis ici depuis si longtemps. Dès avant l'époque où les petits êtres s'offraient les uns les autres en sacrifice sur les rochers. Mon nom m'appartient, petite. Et pas à toi. À présent, laisse-moi en paix, avant que je ne vous balaie tous d'ici. » Elle a effectué un geste avec un membre qui ressemblait à une grand-voile désemparée, et je me suis senti frissonner.

Lettie Hempstock m'a pressé la main et j'ai retrouvé plus de courage. « J' t'as demandé ton nom, moi, a-t-elle dit. J'as pas entendu aut' chose que du vent, des vantardises à propos d'âge et de temps. Maintenant, tu vas me le dire, ton nom ; j'demanderas pas une troisième fois. » Jamais encore elle n'avait autant ressemblé à une fille de la campagne. Peut-être était-ce la colère dans sa voix : ses mots sonnaient différemment quand elle était en colère.

« Non », a soufflé la créature grise, sur un ton catégorique. « Petite, petite... qui est ton ami ?

— Ne dis rien », a chuchoté Lettie. J'ai hoché la tête et serré les lèvres bien fort.

« Tout ça commence à me fatiguer », a dit la créature grise, avec une saccade agacée de ses bras en loques. « Quelque chose est venu à moi, en implorant de l'amour et du secours. Ça m'a enseigné comment rendre heureuses toutes les créatures de son genre. Que ce sont des créatures simples, et que tout ce que chacune d'elles veut, c'est de l'argent, juste de l'argent, et rien de plus. De petits équivalents-de-travail. Si ça me l'avait demandé, je leur aurais donné la sagesse, ou la paix, une paix parfaite...

— Rien de tout ça, a dit Lettie Hempstock. T'as rien qu'ils désirent à leur donner. Laisse-les tranquilles. »

Le vent a soufflé en rafales et la gigantesque silhouette a claqué avec lui, d'énormes voiles qui tanguaient, et quand le vent est retombé, la créature avait changé de position. Elle semblait à présent s'être accroupie plus bas sur le sol, et nous examinait comme un immense savant de toile qui observerait deux souris blanches.

Deux souris blanches qui avaient très peur, et se tenaient par la main.

La main de Lettie transpirait, maintenant. Elle a serré la mienne, était-ce pour me rassurer ou pour se rassurer elle-même, je ne savais pas, et je lui ai rendu sa pression.

Le visage en lambeaux, l'endroit où aurait dû se situer le visage, s'est déformé. J'ai cru qu'il souriait. Peut-être était-ce le cas. J'ai eu l'impression que la créature m'étudiait, me démantibulait pièce par pièce. Comme si elle savait tout de moi – des choses sur mon compte que j'ignorais moi-même.

La fillette qui me tenait la main a lancé : « Si tu m'dis pas ton nom, j' vas te lier en tant qu' créature sans nom. Et tu s'ras liée tout pareil, entravée et scellée comme un polter ou un dogue noir. »

Elle a attendu, mais la créature n'a rien répondu, et Lettie Hempstock a commencé à prononcer des mots dans un langage que je ne connaissais pas. À certains moments elle parlait, et à d'autres ça s'approchait davantage d'un chant, dans une langue qui ne ressemblait à rien que j'aie pu entendre ou que je rencontrerais jamais ultérieurement dans ma vie. Pourtant, j'en reconnaissais l'air. C'était une chanson d'enfants, l'air sur lequel nous chantions la comptine « Venez jouer, filles et garçons ». Cela, c'était la mélodie, mais les mots qu'elle employait étaient plus anciens. J'en étais certain.

Et pendant qu'elle chantait, il s'est passé des choses, sous le ciel orange.

La terre s'est tordue et a grouillé de vers, de longs vers gris qui crevaient le sol sous nos pieds.

Quelque chose a jailli de la masse centrale de la toile qui claquait pour se jeter sur nous. C'était un peu plus gros qu'un ballon de football. À l'école, pendant les sports collectifs, je laissais en général échapper les objets que j'étais censé attraper, ou je refermais ma main sur eux un instant trop tard, les laissant me percuter en pleine figure ou dans le ventre. Mais cet objet-là arrivait tout droit sur moi et sur Lettie Hempstock, et je n'ai pas réfléchi, j'ai *agi*, voilà tout.

J'ai tendu les deux mains et bloqué l'objet, une masse de toiles d'araignées et de tissu en putréfaction qui claquait et grouillait. Et en la saisissant à pleines mains, j'ai senti quelque chose me blesser : une douleur cuisante à la plante du pied, fugace et aussitôt disparue, comme si j'avais marché sur une épingle.

D'une tape, Lettie a fait voler de mes mains l'objet que je tenais, et il est tombé sur le sol, où il s'est ratatiné sur lui-même. Elle a pris ma main droite, et l'a de nouveau tenue fermement. Et tout du long, elle a continué de chanter.

J'ai rêvé de ce chant, ses étranges paroles sur cette simple comptine, et en plusieurs occasions j'ai compris ce qu'elle disait, dans mes rêves. Dans ces rêves-là, je parlais cette langue, moi aussi, le premier langage, et j'avais puissance sur la nature de tout ce qui était réel. Dans mon rêve, c'était la langue de ce qui est, et tout ce qui est exprimé par elle devient réel, parce que rien de ce qu'on dit en cette langue ne peut être un mensonge. C'est la plus élémentaire de toutes les briques de construction. Dans mes rêves, j'ai employé cette langue pour guérir les malades et pour voler ; une fois, j'ai rêvé que je tenais un petit *bed and breakfast* parfait au bord de la mer, et à tous ceux qui venaient séjourner chez moi, je disais, dans cette langue : « Soyez entiers », et ils trouvaient leur intégrité, et ce n'étaient plus des gens cassés, désormais, parce que j'avais employé la langue qui façonne.

Et parce que Lettie parlait la langue qui façonne, même si je ne comprenais pas ce qu'elle disait, je saisissais ce qui était dit. La créature dans la clairière se voyait liée à ce lieu à jamais, prise au piège, proscrite d'exercer son influence sur quoi que ce soit au-delà de son domaine propre.

Lettie Hempstock a achevé son chant.

Dans ma tête, j'ai cru entendre la créature hurler, protester, tempêter, mais le calme régnait dans le lieu sous ce ciel orange. Les claquements de la toile et le bruissement de branchettes dans le vent rompaient seuls le silence.

Le vent a expiré.

Mille lambeaux de tissu gris déchiré se sont déposés sur la terre noire comme des créatures

mortes, ou comme autant de pièces de linge aban-
données. Rien ne bougeait.

« Ça devrait la retenir », a jugé Lettie. Elle m'a
pressé la main. J'ai pensé qu'elle essayait de
paraître guillerette, mais elle n'y arrivait pas. Sa
voix était grave. « Allons, je te ramène chez toi. »

Nous avons marché, main dans la main, à travers
un bois de conifères aux reflets bleus, et passé un
pont laqué de rouge et de jaune au-dessus d'un
bassin ornemental ; nous avons longé un champ
où commençaient à percer des pousses de blé,
comme de l'herbe verte plantée en rangs ; nous
avons escaladé un portillon de bois, main dans
la main, et atteint un autre champ, semé de ce
qui ressemblait à de petits roseaux ou des ser-
pents velus, noirs, blancs, bruns, orange, gris et
rayés, ondulant tous en douceur, s'enroulant et se
déroulant au soleil.

« Qu'est-ce que c'est ? ai-je demandé.

— Tu peux en déterrer un pour voir, si tu veux »,
a répondu Lettie.

J'ai baissé les yeux : la tige velue près de mes
pieds était d'un noir parfait. Je me suis courbé,
je l'ai saisie à la base, fermement, avec la main
gauche, et j'ai tiré.

Quelque chose est sorti de terre et s'est retourné
avec colère. Ma main m'a donné l'impression
qu'on y avait plongé une douzaine de fines
aiguilles. J'ai débarrassé l'objet de sa terre et me
suis excusé, et il m'a regardé, avec plus de surprise et de perplexité que de courroux. Il a sauté
de ma main à ma chemise, je l'ai caressé : un
chaton, noir et lisse, au minois pointu, curieux,
une tache blanche sur une oreille, et des yeux
d'un bleu-vert singulièrement vif.

« À la ferme, on obtient nos chats par les moyens normaux, a commenté Lettie.

— Comment ça ?

— Le gros Oliver. Il est arrivé à la ferme aux temps païens. Tous nos chats de ferme remontent à lui. »

J'ai regardé le petit chat qui s'accrochait à ma chemise avec ses griffes minuscules de chaton.

« Est-ce que je peux le ramener chez moi ? ai-je demandé.

— C'est pas *le*. C'est une *femelle*. Pas une bonne idée, de ramener chez soi quelque chose de par ici. »

J'ai déposé la petite chatte à la lisière du champ. Elle a filé à la poursuite d'un papillon qui a voleté pour monter hors de sa portée, puis elle a déguerpi, sans un regard en arrière.

« Mon petit chat a été écrasé, ai-je expliqué à Lettie. Il était tout petit. C'est l'homme qui est mort qui me l'a dit, mais c'était pas lui, au volant. Il a dit qu'ils l'avaient pas vu.

— Désolée pour toi », a dit Lettie. Nous marchions alors sous une voûte de fleurs de pommiers, et le monde embaumait d'un parfum de miel. « C'est le problème, avec les êtres vivants. Ça dure pas très longtemps. Chatons un jour, vieux matous le lendemain. Et après, plus que des souvenirs. Et les souvenirs s'effacent, se mélangent et se brouillent tous ensemble… »

Elle a ouvert un grand portail, et nous l'avons passé. Elle m'a lâché la main. Nous nous trouvions au bas du chemin, près de l'estrade en bois avec les bidons de lait argentés et cabossés. Le monde avait son odeur normale.

« On est vraiment rentrés, là ? ai-je demandé.

— Oui. Et on aura plus de problèmes avec elle. » Elle s'est tue. « Elle était grosse, hein ? Et méchante ? J'en avais encore jamais vu de comme ça. Si j'avais su qu'elle allait être si vieille, si grosse et si méchante, j' t'aurais pas amené avec moi. »

J'étais content qu'elle m'ait amené avec elle.

Puis elle a ajouté : « Ça m'embête que tu m'aies lâché la main. Mais bon, tu vas bien, non ? Il s'est rien passé de grave. Y a pas eu de casse.

— Je vais bien, ai-je confirmé. T'en fais pas. Je suis un bon petit soldat. » C'était ce que disait toujours mon grand-père. Et puis, j'ai répété ce qu'elle avait conclu : « Y a pas eu de casse. »

Elle m'a souri, un sourire lumineux, soulagé, et j'ai espéré que j'avais eu raison de répondre ainsi.

V

Ce soir-là ma sœur, assise sur son lit, se brossait les cheveux, encore et encore. Elle leur donnait cent coups de brosse chaque soir, en comptant chacun d'eux. Je ne savais pas pourquoi.

« Qu'est-ce que tu fais ? m'a-t-elle demandé.

— Je regarde mon pied. »

J'inspectais la plante de mon pied droit. Elle portait une ligne rose au centre, de l'avant-pied jusqu'au talon, quasiment, à l'endroit où j'avais marché sur un tesson quand j'étais tout petit. Je me souviens de m'être réveillé dans mon lit d'enfant, le lendemain matin de l'accident, et d'avoir contemplé les points de suture noirs qui maintenaient les bords de la coupure ensemble. C'était mon plus ancien souvenir. J'étais habitué à cette cicatrice rose. Le petit trou à côté, sur la voûte plantaire, était une nouveauté. Il se situait au point où j'avais subitement ressenti la brûlure vive, mais il n'était pas douloureux. C'était un simple trou.

Je l'ai titillé de l'index, et il m'a semblé que quelque chose battait en retraite à l'intérieur du trou.

Ma sœur avait cessé de se brosser les cheveux et me considérait avec curiosité. Je me suis levé, je suis sorti de la chambre, j'ai suivi le corridor, jusqu'à la salle de bains au bout du couloir.

Je ne sais pas pourquoi je n'ai pas interrogé un adulte à ce sujet. Je ne me rappelle pas avoir jamais demandé quoi que ce soit à un adulte, sinon en dernier recours. C'était l'année où j'ai extrait une verrue de mon genou avec un canif, découvrant jusqu'à quelle profondeur je pouvais trancher avant d'avoir mal, et à quoi ressemblaient vraiment les racines d'une verrue.

Dans l'armoire de la salle de bains, derrière le miroir, se trouvait une pince à épiler en acier inoxydable, du genre qui a des bouts pointus pour retirer les échardes de bois, et une boîte de pansements. Je me suis assis sur le rebord métallique de la baignoire blanche et j'ai examiné le trou dans mon pied. C'était un banal petit trou tout rond aux bords lisses. Je ne pouvais pas juger de sa profondeur, parce que quelque chose m'en empêchait. Le bouchait. Quelque chose qui a semblé battre en retraite, quand la lumière l'a touché.

J'ai pris ma pince à épiler et j'ai guetté. Rien ne s'est passé. Rien n'a changé.

J'ai posé l'index de ma main gauche sur le trou, en douceur, pour bloquer la lumière. Ensuite, j'ai placé le bout de la pince à épiler à côté du trou et j'ai attendu. J'ai compté jusqu'à cent – inspiré, peut-être, par le brossage de cheveux de ma sœur. Ensuite, j'ai retiré le doigt et j'ai piqué dans le trou avec la pince à épiler.

J'ai attrapé la tête du ver, si c'en était bien un, par le bout, entre les branches de métal, je l'ai coincée, et j'ai tiré.

Avez-vous déjà tenté d'extraire un ver d'un trou ? Vous savez avec quelle force ils peuvent résister ? Cette façon d'employer leur corps tout entier pour se retenir aux parois du trou ? J'ai sorti peut-être deux centimètres de ce ver – rose et gris, rayé, comme s'il était infecté – hors du trou dans mon pied et, ensuite, je l'ai senti s'arrêter. Je le percevais, à l'intérieur de ma chair, qui se raidissait, qui se rendait impossible à retirer. Ça ne m'a pas fait peur. De toute évidence, c'était quelque chose qui arrivait aux gens, comme lorsque le chat du voisin, Misty, avait des vers. J'avais un ver dans le pied, et je m'en débarrassais.

J'ai tourné la pince à épiler, en pensant, j'imagine, à des spaghettis sur une fourchette, enroulant le ver autour de la pince. Il a essayé de se rétracter, mais je l'ai embobiné, peu à peu, jusqu'à ce que je ne puisse vraiment plus tirer davantage.

Je sentais, en moi, sa façon collante, plastique, d'essayer de tenir bon, comme un pur bandeau de muscle. Je me suis penché, le plus loin possible, j'ai tendu la main gauche, j'ai ouvert le robinet d'eau chaude de la baignoire, celui qui portait un point rouge en son centre, et je l'ai laissé couler. L'eau a jailli du robinet trois ou quatre minutes en s'évacuant par la bonde, avant que la vapeur ne monte.

Quand l'eau a été bouillante, j'ai avancé le pied et mon bras droit, maintenant la tension sur la pince à épiler et sur les deux centimètres de créature que j'avais moulinés hors de mon corps. Ensuite, j'ai placé l'endroit où se trouvait la pince sous le robinet d'eau chaude. L'eau m'a éclaboussé le pied, mais la plante était endurcie à force de marcher pieds nus, et c'est à peine si

73

ça m'a gêné. L'eau qui touchait mes doigts les ébouillantait, mais je m'étais préparé à la chaleur. Pas le ver. Je l'ai senti se crisper en moi, essayer de se rétracter face à l'eau bouillante, je l'ai senti relâcher sa prise sur l'intérieur de mon pied. J'ai fait tourner la pince à épiler, triomphalement, comme si je retirais la meilleure croûte du monde, tandis que la créature commençait à sortir de moi, opposant de moins en moins de résistance.

Je l'ai tirée, d'un mouvement régulier, et en passant sous l'eau bouillante elle s'est distendue, jusqu'au bout. Elle était presque entièrement sortie de moi – j'en étais conscient – mais j'ai eu trop de confiance en moi, trop de triomphe et d'impatience, et j'ai tiré trop vite, trop fort ; le ver m'a cédé dans la main. Le bout qui sortait de moi suintait, déchiré, comme s'il avait cassé.

Néanmoins, si la créature avait laissé quoi que ce soit derrière elle dans mon pied, c'était infime.

J'ai examiné le ver. Il était gris sombre et gris clair, zébré de rose, et annelé, comme un ver de terre normal. Maintenant que je l'avais sorti de l'eau chaude, il paraissait se rétablir. Il gigotait, et le corps qui avait été enroulé autour de la pince pendait en se tortillant, à présent, bien qu'il soit suspendu par la tête (mais était-ce vraiment sa tête ? Comment le déterminer ?) à l'endroit où je l'avais coincé.

Je ne voulais pas le tuer – je ne tuais pas les bestioles, pas si j'avais le choix – mais je devais m'en débarrasser. Il était dangereux. Je n'avais aucun doute là-dessus.

J'ai tenu le ver au-dessus de la bonde de la baignoire, où il a gigoté sous l'eau bouillante. Puis je l'ai lâché, et je l'ai regardé disparaître dans le tuyau. J'ai laissé l'eau couler un moment, et j'ai nettoyé la pince à épiler. Finalement, j'ai posé un sparadrap sur le trou de ma plante de pied, j'ai mis le bouchon en place, pour empêcher le ver de remonter par la bonde ouverte, avant de fermer le robinet. Je ne savais pas s'il était mort, mais il ne me semblait pas qu'on puisse revenir du tuyau d'évacuation.

J'ai rangé la pince à épiler à l'endroit où je l'avais prise, derrière la glace de la salle de bains, puis j'ai fermé le miroir et je me suis regardé.

Je me suis demandé, comme je me le demandais si souvent à cet âge, qui j'étais et ce qui contemplait précisément le visage dans le miroir. Si ce visage que je regardais n'était pas moi – et je savais qu'il ne l'était pas, puisque je resterais moi-même, quoi qu'il arrive à mon visage – alors qu'est-ce qui était vraiment moi ? Et qu'est-ce qui regardait ?

Je suis revenu dans la chambre. C'était à mon tour d'avoir la porte du couloir ouverte pour la nuit et j'ai attendu que ma sœur dorme, afin qu'elle ne puisse pas rapporter, et ensuite, à la lumière tamisée du couloir, j'ai lu une enquête du *Clan des Sept* jusqu'à ce que je m'endorme.

VI

Un aveu sur mon compte : très petit garçon, à trois ou quatre ans à peu près, je pouvais être un monstre. « Tu étais un vrai petit *momzer* », m'ont raconté plusieurs tantes, en diverses occasions, une fois que j'ai eu atteint l'âge adulte en toute sécurité et qu'on a pu rappeler mes affreux exploits infantiles avec un amusement acerbe. Mais je n'ai pas vraiment le souvenir d'avoir été un monstre. Je me rappelle juste que je voulais n'en faire qu'à ma tête.

Les petits enfants se croient des dieux, certains d'entre eux du moins, et ne s'estiment heureux que lorsque le reste du monde s'aligne sur leur vision des choses.

Mais je n'étais plus un petit garçon. J'avais sept ans. J'avais été intrépide, mais j'étais désormais un enfant très peureux.

L'incident du ver dans mon pied ne m'a pas effrayé. Je n'en ai pas parlé. Le lendemain, je me suis cependant demandé si les gens attrapaient souvent des vers dans le pied, ou si ce n'était jamais arrivé qu'à moi, en cet endroit au ciel orange à la lisière de la ferme des Hempstock.

J'ai décollé le pansement de ma plante de pied, au réveil, et j'ai été soulagé de constater que le trou avait commencé à se refermer. Il y avait une marque rose à l'endroit où il s'était trouvé, comme un pinçon, mais rien de plus.

Je suis descendu prendre le petit déjeuner. Ma mère semblait heureuse. « Bonne nouvelle, chéri, m'a-t-elle annoncé. J'ai trouvé un emploi. La boutique d'optique Dicksons cherche une optométriste, et ils veulent que je commence cet après-midi. Je travaillerai quatre jours par semaine. »

Ça ne me dérangeait pas. Je me débrouillerais très bien tout seul.

« Et j'ai une autre bonne nouvelle. Nous avons quelqu'un qui viendra s'occuper de vous pendant mon absence, les enfants. Elle s'appelle Ursula. Elle va dormir dans ton ancienne chambre, en haut de l'escalier. Ce sera une sorte de gouvernante. Elle veillera à ce que vous mangiez, et elle fera le ménage dans la maison – Mme Wollery a des problèmes de hanche, et elle dit qu'il lui faudra quelques semaines avant de pouvoir revenir. Ça me soulage tellement d'avoir quelqu'un ici, si Papa et moi devons travailler tous les deux.

— Vous avez pas d'argent pour ça. Vous disiez que vous aviez plus d'argent.

— C'est pour ça que je prends ce travail d'optométriste. Et Ursula sera nourrie et logée pour s'occuper de vous. Elle a besoin de vivre quelques mois dans la région. Elle a téléphoné ce matin. Ses références sont excellentes. »

J'ai espéré qu'elle serait gentille. Gertruda, la gouvernante précédente, six mois plus tôt, ne l'était pas : elle adorait jouer des farces à ma sœur et à moi. Elle faisait les lits en portefeuille, par exemple, ce qui nous laissait perplexes. Nous avons fini par défiler devant la maison, avec des pancartes qui disaient : « On déteste Gertruda » et « On aime pas la cuisine de Gertruda », et par glisser de petites grenouilles dans son lit, et elle est retournée en Suède.

J'ai pris un livre et je suis sorti dans le jardin.

C'était une chaude journée de printemps, ensoleillée, et j'ai grimpé par une échelle de corde jusqu'à la plus basse branche du grand hêtre, je m'y suis assis et j'ai lu mon livre. Quand je lisais mon livre, je n'avais peur de rien : j'étais loin de là, en Égypte ancienne, à lire l'histoire d'Hathor, comment elle parcourait l'Égypte sous la forme d'une lionne, comment elle avait tué tant de gens que les sables d'Égypte sont devenus rouges, et comment on avait seulement réussi à la vaincre en mélangeant de la bière, du miel et des potions soporifiques, et en teignant cette concoction en rouge, si bien qu'elle l'a prise pour du sang, l'a bue, et s'est endormie. Râ, père des dieux, l'a par la suite faite déesse de l'amour, afin que les blessures qu'elle avait infligées aux gens ne soient plus désormais que des blessures au cœur.

Je me suis demandé pour quelle raison les dieux avaient agi ainsi. Pourquoi ne l'avaient-ils pas tout bonnement tuée, puisqu'ils en avaient l'occasion ?

J'aimais les mythes. Ce n'étaient ni des histoires pour adultes, ni des histoires pour enfants. Elles étaient mieux que ça. Elles *étaient*, simplement.

Les histoires d'adultes n'avaient jamais aucun sens, et elles mettaient tant de temps à commencer. Elles me donnaient l'impression que l'âge adulte avait ses secrets, des secrets maçonniques, mystiques. Pourquoi les adultes ne voulaient-ils pas lire des histoires de Narnia, d'îles secrètes, de contrebandiers et de fées dangereuses ?

Je commençais à avoir faim. Je suis descendu de mon arbre et je suis allé à l'arrière de la maison, longeant la buanderie qui sentait la poudre à laver et le moisi, le petit appentis pour le charbon et le bois, les cabinets extérieurs aux portes de bois peintes en vert jardin, où attendaient des araignées en suspension. Entrée par la porte de derrière, remontée du couloir pour arriver dans la cuisine.

Ma mère s'y trouvait avec une femme que je n'avais encore jamais rencontrée. En la voyant, j'ai eu mal au cœur. J'emploie l'expression de façon littérale, pas par métaphore : j'ai senti un pincement momentané dans ma poitrine – rien qu'un éclair, et puis plus rien.

Ma sœur était assise à la table de la cuisine, en train de manger un bol de céréales.

La femme était très jolie. Elle avait des cheveux blond miel, assez courts, d'énormes yeux gris-bleu et elle portait un rouge à lèvres pâle. Elle paraissait grande, même pour une adulte.

« Chéri ? Voici Ursula Monkton », a dit ma mère. Je n'ai rien répondu. Je suis simplement resté là à la fixer. Ma mère m'a donné une petite tape.

« Bonjour, ai-je dit.

— Il est timide, a commenté Ursula Monkton. Je suis certaine qu'une fois la glace rompue entre nous, nous deviendrons de grands amis. » Elle a tendu la main et tapoté les cheveux brun souris de ma sœur. Ma sœur a affiché un sourire où manquaient des dents.

« Je vous aime *beaucoup* », a déclaré ma sœur. Puis, elle a annoncé, à ma mère et à moi : « Quand je serai grande, je veux être Ursula Monkton. »

Ma mère et Ursula ont ri. « Que tu es mignonne », a dit Ursula Monkton. Puis elle s'est tournée vers moi : « Et nous, alors ? Est-ce que nous sommes amis, aussi ? »

Je l'ai regardée, cette grande personne, blonde avec sa jupe grise et rose, et j'ai eu peur.

Sa robe n'était pas déchirée. C'était simplement la coupe, je suppose, le genre de robe que c'était. Mais en la voyant, je me suis imaginé que cette jupe battait, dans cette cuisine sans vent, qu'elle claquait comme la grand-voile d'un navire, sur un océan solitaire, sous un ciel orange.

Je ne sais pas ce que j'ai répondu, ni même si j'ai répondu. Mais je suis sorti de la cuisine, malgré ma faim, sans même prendre une pomme.

J'ai emporté mon livre dans le jardin de derrière, sous le balcon, près du massif de fleurs qui poussait sous la fenêtre du salon de télévision, et j'ai lu – oubliant ma faim en Égypte, avec des dieux à têtes d'animaux qui se découpaient en morceaux, puis se rendaient mutuellement la vie.

Ma sœur est sortie dans le jardin.

« Je l'aime beaucoup, beaucoup, m'a-t-elle annoncé. C'est mon amie. Tu veux voir ce qu'elle m'a donné ? » Elle a exhibé un petit porte-monnaie gris, du genre que ma mère avait dans son sac à main pour y ranger la monnaie, avec un fermoir de métal en forme de papillon. Il donnait l'impression d'être fait de cuir. Je me suis demandé si c'était de la peau de souris. Elle a ouvert son porte-monnaie, mis les doigts dans l'ouverture et en a émergé avec une grosse pièce d'argent : une demi-couronne.

« Regarde ! a-t-elle dit. Regarde ce que j'ai eu ! »

J'aurais voulu une demi-couronne. Non, j'aurais voulu ce que je pouvais acheter avec une demi-couronne – des tours de magie, des attrapes en plastique, des livres et, oh, tant de choses. Mais je ne voulais pas d'un petit porte-monnaie gris qui contenait une demi-couronne.

« Je l'aime pas, ai-je annoncé à ma sœur.

— C'est juste parce que c'est moi qui l'ai vue la première. C'est *mon* amie. »

Il ne me semblait pas qu'Ursula Monkton soit l'amie de qui que ce soit. J'avais envie d'aller mettre Lettie Hempstock en garde contre elle – mais que pouvais-je lui dire ? Que la nouvelle gouvernante s'habillait en gris et rose ? Qu'elle me regardait bizarrement ?

J'aurais voulu n'avoir jamais lâché la main de Lettie. Ursula Monkton était de ma faute, j'en étais convaincu, et je n'arriverais pas à me débarrasser d'elle en l'expédiant par la bonde d'une baignoire, ni en glissant des grenouilles dans son lit.

J'aurais dû partir à ce moment-là, m'enfuir en courant, filer sur les deux kilomètres du chemin jusqu'à la ferme des Hempstock, mais je ne l'ai pas fait, et puis un taxi a emmené ma mère chez Dicksons, où elle allait présenter des lettres aux gens au travers de lentilles, pour les aider à voir plus clair, et je suis resté là avec Ursula Monkton.

Elle est sortie dans le jardin avec une assiette de sandwiches.

« J'ai discuté avec votre mère », a-t-elle expliqué, un doux sourire sous le rouge à lèvres pâle, « et tant que je serai ici, il faudra limiter vos déplacements, les enfants. Vous pouvez aller où vous voulez dans la maison ou dans le jardin, et je vous accompagnerai si vous allez chez vos amis, mais vous n'avez pas le droit de quitter la propriété et de partir à l'aventure.

— Bien sûr », a répondu ma sœur.

Je n'ai rien dit.

Ma sœur mangeait un sandwich au beurre de cacahuète.

Je mourais de faim. Je me demandais si les sandwiches étaient dangereux ou pas. Je n'en savais rien. J'avais peur d'en manger un et qu'il se change en vers dans mon ventre, qu'ils se mettent à grouiller en moi, à coloniser mon corps jusqu'à ce qu'ils crèvent ma peau.

Je suis rentré dans la maison. J'ai poussé la porte de la cuisine. Ursula Monkton n'était pas là. Je me suis bourré les poches de fruits, de pommes, d'oranges et de poires brunes et dures. J'ai pris trois bananes, je les ai fourrées sous mon pull-over, et j'ai décampé vers mon laboratoire.

Mon laboratoire – c'était le nom que je lui donnais – était une remise peinte en vert aussi éloignée que possible de la maison, dressée contre le flanc de l'immense vieux garage. À côté de la remise poussait un figuier, bien que nous n'ayons jamais goûté les fruits mûrs de cet arbre, mais seulement vu ses énormes feuilles et ses fruits verts. J'appelais cette remise mon laboratoire parce que j'y avais mon matériel de chimie : la panoplie du petit chimiste, sempiternel cadeau d'anniversaire, avait été bannie de la maison par mon père, après ma concoction de je ne sais quoi dans une éprouvette. J'avais mélangé des produits au petit bonheur, puis je les avais chauffés, jusqu'à ce qu'ils explosent et virent au noir, accompagnés d'une puanteur d'ammoniaque qui refusait de se dissiper. Mon père avait déclaré qu'il n'avait aucune objection à ce que j'effectue des expériences (bien qu'aucun de nous deux ne sache sur quoi mes expériences pourraient bien porter, mais cela ne comptait pas ; ma mère avait reçu des panoplies de petit chimiste pour son anniversaire, et vous voyez le bon résultat que ça avait donné ?), mais il n'en voulait pas à portée de narine de la maison.

J'ai mangé une banane et une poire, puis j'ai caché le reste des fruits sous la paillasse en bois.

Les adultes suivent les sentiers tracés. Les enfants explorent. Les adultes se contentent de parcourir le même trajet, des centaines, des milliers de fois ; peut-être l'idée ne leur est-elle jamais venue de quitter ces sentiers, de ramper sous les rhodo-dendrons, de découvrir les espaces entre les barrières. J'étais un enfant, ce qui signifiait que je connaissais une douzaine de façons de quit-ter notre propriété et d'atteindre le chemin, des parcours qui n'exigeaient pas d'emprunter notre allée. J'ai décidé que j'allais me faufiler hors de la remise du laboratoire, suivre le mur jusqu'à la limite de la pelouse, puis entrer dans les azalées et les lauriers qui bordaient le jardin en cet endroit. À partir des lauriers, je me faufilerais jusqu'au bas de la colline et j'enjamberais la barrière de métal rouillé qui courait le long du chemin.

Personne ne regardait. J'ai couru, j'ai rampé, j'ai franchi les lauriers et j'ai dévalé la colline, me frayant un passage à travers les ronces et les bouquets d'orties qui avaient poussé depuis la dernière fois que j'étais passé par là.

Ursula Monkton m'attendait au pied de la col-line, juste devant la barrière en métal rouillé. Impossible qu'elle ait pu arriver sans que je la voie, mais elle était bel et bien là. Elle a croisé les bras et m'a regardé, et sa robe grise et rose a claqué dans une saute de vent.

« Je croyais t'avoir dit que tu ne devais pas quitter la propriété.

— Je la quitte pas », ai-je répondu avec une effronterie que je savais ne pas posséder, pas le moins du monde. « Je suis toujours sur la propriété. J'explore, c'est tout.

— Tu te caches », a-t-elle dit.

Je n'ai rien répondu.

« Je pense que tu devrais être dans ta chambre, où je pourrai te tenir à l'œil. Il est l'heure de ta sieste. »

J'étais trop grand pour faire la sieste, mais je savais que j'étais trop jeune pour discuter, ou pour remporter le débat, si je le faisais.

« OK, ai-je dit.

— On ne dit pas OK. On dit "Oui, Mademoiselle Monkton". Ou "Madame". Dis "Oui, madame". » Elle m'a toisé de ses yeux gris-bleu, qui m'ont fait penser à des trous creusés dans de la toile par la pourriture, et qui n'avaient pas l'air très jolis à ce moment-là.

J'ai dit : « Oui, madame », et je me suis détesté de l'avoir dit.

Nous avons ensemble remonté la colline.

« Tes parents n'ont plus les moyens de conserver cette maison, m'a dit Ursula Monkton. Ni ceux de l'entretenir. Assez vite, ils vont comprendre que la seule solution pour résoudre leurs problèmes financiers est de vendre la maison et son terrain à des promoteurs immobiliers. Et alors, tout *ça* » – et *ça*, c'était le chaos de ronces, l'univers en friches au-delà de la pelouse – « se transformera en une douzaine de maisons et de jardinets identiques. Et si tu as de la chance, tu viendras vivre dans l'une d'elles. Sinon, tu te contenteras d'envier ceux qui y vivront. Est-ce que ça te plaira ? »

J'adorais la maison, et le jardin. J'adorais son abandon hirsute. J'adorais cet endroit comme s'il faisait partie de moi et peut-être, par certains côtés, était-ce le cas.

« Qui êtes-vous ? lui ai-je demandé.

— Ursula Monkton. Je suis ta gouvernante. »

J'ai insisté : « Qui êtes-vous, en vrai ? Pourquoi est-ce que vous donnez de l'argent aux gens ?

— Tout le monde veut de l'argent », a-t-elle répondu, comme si c'était une évidence. « Il les rend heureux. Il te rendra heureux, si tu le laisses faire. » Nous avions émergé près du tas d'herbes coupées, derrière le cercle d'herbe verte que nous appelions le cercle des fées : parfois, quand le temps était humide, il se garnissait de champignons jaune vif.

« File, a-t-elle dit. Va dans ta chambre. »

J'ai détalé pour la quitter – couru aussi vite que j'ai pu, en coupant à travers le cercle des fées, remontant la pelouse, dépassant les rosiers, la remise à charbon pour entrer dans la maison.

Ursula Monkton se tenait juste après la porte de derrière pour m'accueillir à l'intérieur. Pourtant, elle n'avait pas pu me dépasser ; je l'aurais vue. Elle était impeccablement coiffée et son rouge à lèvres semblait appliqué de frais.

« J'ai été en toi, a-t-elle dit. Alors, un bon conseil. Si tu racontes quoi que ce soit à qui que ce soit, on ne te croira pas. Et parce que j'ai été en toi, je le saurai, moi. Et je peux m'arranger pour que tu ne racontes jamais rien que je ne veux pas que tu dises, à personne, jamais plus. »

Je suis monté dans la chambre et me suis étendu sur le lit. L'endroit sur ma plante de pied où s'était logé le ver palpitait et me lançait, et j'avais mal à la poitrine, aussi, à présent. Je me suis retiré dans ma tête, dans un livre. C'était là que j'allais chaque fois que la vie réelle se montrait trop dure ou trop inflexible. J'ai attrapé une poignée de vieux livres de ma mère, remontant à l'époque où elle était fillette, et j'ai lu des histoires d'écolières qui vivaient des aventures dans les années 30 et 40. En général, elles affrontaient des contrebandiers, des espions ou des membres de la cinquième colonne, dont je ne savais pas trop ce qu'ils pouvaient être, et les filles se montraient toujours courageuses et savaient toujours exactement quoi faire. Je n'étais pas courageux et je n'avais pas la moindre idée de ce qu'il fallait faire.

Jamais je ne me suis senti aussi seul.

Je me suis demandé si les Hempstock avaient le téléphone. Ça semblait peu probable, mais pas impossible – peut-être était-ce Mme Hempstock, au départ, qui avait signalé à la police la Mini abandonnée. L'annuaire se trouvait au rez-de-chaussée, mais je connaissais le numéro d'appel des Renseignements et il me suffisait de demander n'importe qui du nom d'Hempstock qui vivait à la ferme Hempstock. Il y avait un téléphone dans la chambre de mes parents.

Je suis descendu du lit, allé jusqu'à la porte et j'ai jeté un coup d'œil dehors. Le couloir de l'étage était vide. Aussi vite, aussi silencieusement que possible, je suis entré dans la chambre voisine de la mienne. Les murs étaient rose pâle, le lit de mes parents couvert d'une courtepointe, elle-même couverte d'énormes roses imprimées. Il y avait des portes-fenêtres donnant sur le balcon qui courait sur ce côté de la maison. Un téléphone de couleur crème était posé sur la table de nuit crème et or, auprès du lit. J'ai décroché, j'ai entendu le vrombissement terne de la tonalité et j'ai composé les Renseignements téléphoniques, mon doigt entraînant le cadran vers le bas par ses trous, un 1, un 9, un 2 ; j'ai attendu que l'opérateur décroche et me donne le numéro de la ferme des Hempstock. J'avais avec moi un crayon et j'étais prêt à noter le numéro au dos d'un livre relié de tissu bleu, intitulé *Pansy sauve l'école*.

L'opératrice n'a pas répondu. La tonalité a continué et par-dessus, j'ai entendu la voix d'Ursula Monkton déclarer : « Des jeunes gens bien élevés ne songeraient même pas à aller utiliser le téléphone en cachette, non ? »

Je n'ai rien répondu, bien que, je n'en doute pas, elle ait pu m'entendre respirer. J'ai reposé le combiné sur son appui et j'ai réintégré la chambre que je partageais avec ma sœur.

Je me suis assis sur mon lit et j'ai regardé par les carreaux.

Mon lit était calé contre le mur, juste au-dessous de la fenêtre. J'adorais dormir quand elle était ouverte. Les nuits pluvieuses étaient mes préférées : j'ouvrais la croisée, je posais la tête sur mon oreiller, je fermais les yeux et j'écoutais les arbres se balancer et grincer. Je recevais aussi des gouttes soufflées sur ma figure, avec de la chance, et je m'imaginais dans un bateau sur l'océan, en train de danser sur la houle. Je n'imaginais ni que j'étais un pirate, ni que j'allais où que ce soit. J'étais dans mon bateau, tout simplement.

Mais pour l'heure, il ne pleuvait pas et il ne faisait pas nuit. Tout ce que je voyais par la fenêtre, c'étaient des arbres, des nuages, et le mauve de l'horizon, au loin.

J'avais des stocks de chocolats de secours dissimulés sous la grande figurine en plastique de Batman que j'avais reçue pour mon dernier anniversaire, et en les mangeant, je me suis revu lâcher la main de Lettie Hempstock pour attraper la boule de tissu en putréfaction, et je me suis remémoré la vive brûlure au pied qui avait suivi.

C'est moi qui l'ai amenée ici, ai-je pensé, et j'ai su que c'était la vérité.

Ursula Monkton n'existait pas vraiment. C'était un masque de carton pour la créature qui avait voyagé en moi sous la forme d'un ver, qui avait claqué et battu en rase campagne sous ce ciel orange.

J'ai repris la lecture de *Pansy sauve l'école*. Les plans secrets de la base aérienne voisine de l'école étaient transmis en contrebande à l'ennemi par des espions qui se faisaient passer pour des professeurs travaillant au potager de l'école : les plans étaient dissimulés à l'intérieur de courges évidées.

« *Bonté divine !* » *s'exclama l'inspecteur Davidson de la fameuse Brigade de la contrebande et de l'espionnage clandestin de Scotland Yard (l'ecec).* « *Voilà précisément le dernier endroit où nous serions allés voir !* »

« *Nous vous devons des excuses, Pansy* », *déclara la sévère directrice, avec un sourire d'une chaleur inaccoutumée et un pétillement dans la prunelle qui firent songer à Pansy qu'elle avait peut-être mal jugé cette femme, tout au long du trimestre.* « *Vous*

*avez sauvé la réputation de l'école ! Et maintenant,
avant que vous ne commenciez à vous sentir trop
fière de vous... vous n'aviez pas des verbes français
à conjuguer, Mademoiselle ? »*

Je pouvais être heureux en compagnie de Pansy,
dans un coin de ma tête, alors même que le restant
était rempli de peur. J'attendais le retour de mes
parents. J'allais leur raconter ce qui se passait. Je
le leur dirais. Ils me croiraient.

À cette époque, mon père travaillait dans un
bureau, à une heure de voiture d'ici. Je ne savais
pas très bien ce qu'il faisait. Il avait une très
jolie secrétaire, très gentille, avec un caniche
toy et, chaque fois que ma sœur et moi allions
voir notre père, elle amenait le caniche de chez
elle, et nous jouions avec lui. Parfois, en passant devant un immeuble, mon père annonçait :
« C'est un des nôtres. » Mais je ne m'intéressais
pas aux immeubles, aussi n'ai-je jamais demandé
en quoi c'était un des nôtres, ni même qui était
ce *nous*.

Je suis resté étendu sur mon lit, lisant bouquin sur bouquin, jusqu'à ce qu'Ursula Monkton
apparaisse dans l'encadrement de la porte de
la chambre et annonce : « Tu peux descendre,
maintenant. »

Ma sœur était assise devant la télévision en bas,
dans le salon de télé. Elle regardait *C'est quoi ?,*
une émission de science amusante et de travaux
manuels. Le titre s'affichait et les présentateurs
en coiffes de chef indien désignaient une jeune
femme en répétant « Squaw ! », et en poussant des
cris de guerre assez ridicules.

J'ai voulu passer sur la BBC, mais ma sœur m'a jeté un regard triomphal et déclaré : « Ursula a dit que la télé pouvait rester sur tout ce que je voulais regarder et que t'as pas le droit de changer de chaîne. »

Je suis resté assis une minute avec elle, pendant qu'un vieux monsieur moustachu expliquait à tous les enfants d'Angleterre comment lier une mouche de pêche.

J'ai déclaré : « Elle est pas gentille.

— Je l'aime bien. Elle est jolie. »

Ma mère est arrivée cinq minutes plus tard, nous a lancé un bonjour depuis le couloir, puis elle est allée à la cuisine voir Ursula Monkton. Elle est réapparue. « Le dîner sera prêt dès que Papa sera là. Allez vous laver les mains. »

Ma sœur est montée se laver les mains.

« Je l'aime pas, ai-je déclaré à ma mère. Tu veux pas la renvoyer ? »

Ma mère a poussé un soupir. « Ça ne va *pas* recommencer comme avec Gertruda, mon chéri. Ursula est une fille très gentille, d'une très bonne famille. Et elle vous adore littéralement, tous les deux. »

Mon père est rentré, et on a servi le repas du soir. Une épaisse soupe de légumes, puis du poulet rôti et des pommes de terre nouvelles avec des petits pois surgelés. J'adorais tout ce qu'il y avait sur la table. Je n'ai rien mangé.

« J'ai pas faim, ai-je expliqué.

— Ce n'est pas mon genre de rapporter, a dit Ursula Monkton, mais je connais quelqu'un qui avait du chocolat sur les mains et sur la figure en descendant de sa chambre.

— J'aimerais bien que tu ne manges pas ces cochonneries, a bougonné mon père.

— Ce sont des sucreries industrielles. Ça te coupe l'appétit et ça t'abîme les dents », a renchéri ma mère.

J'avais peur qu'ils me forcent à manger, mais ils n'en ont rien fait. Je suis resté assis là, le ventre vide, tandis qu'Ursula Monkton riait à toutes les plaisanteries de mon père. Il m'a semblé qu'il faisait des plaisanteries spéciales, rien que pour elle.

Après dîner, nous avons tous regardé *Mission : impossible*. D'ordinaire, j'aimais la série, mais cette fois-ci, elle m'a mis mal à l'aise, car les gens n'arrêtaient pas de retirer leur visage pour en révéler de nouveaux, au-dessous. Ils portaient des masques en caoutchouc, et c'étaient toujours nos héros qui apparaissaient, mais je me demandais ce qui arriverait si Ursula Monkton retirait son visage, ce qu'il y aurait, là-dessous ?

Nous sommes allés au lit. C'était la nuit de ma sœur, et la porte de la chambre était fermée. La lumière du couloir me manquait. J'étais étendu dans mon lit, la fenêtre ouverte, bien éveillé, à écouter les bruits que produit une vieille maison au terme d'une longue journée, et j'ai formulé des vœux de toutes mes forces, en espérant qu'ils puissent se réaliser. J'ai souhaité que mes parents renvoient Ursula Monkton ; ensuite, j'irais à la ferme Hempstock raconter à Lettie ce que j'avais fait, elle me pardonnerait et remettrait tout en ordre.

Je ne trouvais pas le sommeil. Ma sœur dormait déjà. Elle semblait capable de s'endormir partout où elle le voulait, un talent que j'enviais et que je ne possédais pas.

J'ai quitté ma chambre.

Je me suis attardé en haut de l'escalier, à écouter le bruit de la télévision qui venait d'en bas. Ensuite, j'ai descendu les marches pieds nus, subrepticement, et je me suis assis sur la troisième à partir du bas. La porte du salon de télé était entrouverte, et si je descendais d'une marche de plus, ceux qui regardaient la télévision me verraient. Alors, j'ai attendu là.

J'entendais les voix de la télévision, ponctuées par des éclats staccato de rires de télé.

Et puis, par-dessus le bruit du poste, des adultes en train de discuter.

« Donc, votre femme est absente tous les soirs ? demandait Ursula Monkton.

— Non. (La voix de mon père.) Ce soir, elle est retournée organiser la journée de demain. Mais à partir de demain, ce sera une fois par semaine. Elle collecte de l'argent pour l'Afrique, à la mairie du village. Pour creuser des puits, et pour la contraception, il me semble.

— Hé bien, a dit Ursula, aucun risque que j'aie besoin de ça, moi. »

Elle a ri, un rire aigu, tintinnabulant, qui semblait amical, sincère et vrai, et ne contenait aucun claquement de haillons. Puis elle a ajouté : « Les petits espions… », et un instant plus tard la porte s'est ouverte en grand, et Ursula Monkton m'a regardé bien en face. Elle avait retouché son maquillage, son rouge à lèvres pâle et ses grands cils.

« Va au lit, a-t-elle dit. Tout de suite.

— Je veux parler à mon père », ai-je répondu, sans espoir. Elle n'a rien dit, elle a simplement souri, un sourire sans chaleur aucune, et sans amour, et j'ai remonté l'escalier, je me suis remis au lit, et je suis resté étendu dans l'obscurité de la chambre jusqu'à ce que j'aie renoncé à dormir, et là, le sommeil m'a enveloppé quand je ne m'y attendais plus, et j'ai mal dormi.

VII

La journée du lendemain a été mauvaise.

Mes parents avaient tous deux quitté la maison avant mon réveil.

Le temps s'était refroidi, et le ciel offrait un gris lugubre et sans charme. J'ai traversé la chambre de mes parents jusqu'au balcon qui courait le long de leur chambre et de celle que je partageais avec ma sœur, je suis sorti sur ce balcon, et j'ai prié le ciel pour qu'Ursula Monkton se soit lassée de son jeu, et que je ne la voie plus jamais.

Elle m'attendait au pied de l'escalier, quand je suis descendu.

« Même règlement qu'hier, petit espion, a-t-elle annoncé. Tu n'as pas le droit de quitter la propriété. Si tu essaies, je t'enfermerai dans ta chambre pour le restant de la journée et, quand tes parents rentreront, je leur raconterai que tu as fait une cochonnerie.

— Ils vous croiront pas. »

Elle a eu un doux sourire. « Tu es sûr ? Et si je leur raconte que tu as sorti ton petit zizi et que tu as fait pipi partout sur le sol de la cuisine, et que j'ai dû passer la serpillière et désinfecter ? Je pense qu'ils me croiront. Je saurai les convaincre. »

Je suis sorti de la maison pour gagner mon laboratoire. J'ai mangé tous les fruits que j'y avais cachés la veille. J'ai lu *Sandie tient bon*, encore un des livres de ma mère. Sandie, une écolière vaillante mais pauvre, se voyait inscrite par accident dans une école huppée, où tout le monde la détestait. À la fin, elle démasquait le professeur de géographie, une bolchevik internationale qui avait ligoté le véritable professeur de géographie. Le clou de l'intrigue intervenait dans la salle de réunion de l'école, quand Sandie se levait courageusement pour prononcer un discours qui débutait par : « Je sais qu'on n'aurait pas dû m'envoyer ici. C'est uniquement une erreur administrative qui m'a placée dans cet établissement, et Sandy avec un Y au collège municipal. Mais je remercie la Providence d'être venue. Parce que Mlle Streebling n'est pas ce qu'elle prétend être. »

À la fin, Sandie était chaudement acceptée par les gens qui l'avaient détestée.

Mon père est rentré tôt du travail – plus tôt que je me souvenais l'avoir vu rentrer depuis des années.

Je voulais lui parler, mais il n'était jamais seul.

Je les ai observés depuis la branche de mon hêtre.

Tout d'abord, il a fait visiter les jardins à Ursula Monkton, lui montrant avec fierté les rosiers, les buissons de mûres, les cerisiers et les azalées comme s'il avait quoi que ce soit à y voir, comme s'ils n'avaient pas été plantés et entretenus depuis cinquante ans par M. Wollery, bien avant que nous achetions la maison.

Elle a ri à toutes ses plaisanteries. Je n'entendais pas ce qu'il disait, mais je voyais le sourire en biais qu'il affichait quand il savait qu'il disait quelque chose de drôle.

Elle se tenait trop près de lui. Parfois, il posait la main sur l'épaule d'Ursula, en un geste amical. Ça m'inquiétait, qu'il soit si proche d'elle. Il ne savait pas à quoi il avait affaire. C'était un monstre et il la prenait simplement pour quelqu'un de normal, il se montrait gentil avec elle. Elle portait des vêtements différents, aujourd'hui : une jupe grise, du type qu'on appelait midi, et un chemisier rose.

Par n'importe quel autre jour, en voyant mon père se promener dans le jardin, j'aurais couru vers lui. Mais pas ce jour-là. J'avais peur qu'il ne se fâche, ou qu'Ursula Monkton ne raconte quelque chose qui le tourne contre moi.

J'étais terrifié face à lui, quand il se mettait en colère. Son visage (anguleux et d'ordinaire affable) devenait rouge et il criait, criait si fort et avec tant de fureur que ça me paralysait, littéralement. Je n'étais plus capable de penser.

Il ne me battait jamais. Il ne croyait pas aux corrections. Il nous racontait comment son père l'avait battu, comment sa mère l'avait chassé avec un balai, et qu'il valait mieux que ça. Quand il se mettait suffisamment en colère pour crier contre moi, il me rappelait à l'occasion qu'il ne me battait jamais, comme pour que j'en éprouve de la reconnaissance. Dans les histoires d'école que je lisais, une mauvaise conduite se soldait souvent par des coups de canne ou de savate, et puis tout était pardonné et terminé, et j'enviais parfois à ces enfants de fiction la netteté de leur existence.

Je ne voulais pas approcher d'Ursula Monkton : je ne voulais pas courir le risque de mettre mon père en colère contre moi.

Je me suis demandé si le moment n'était pas propice pour quitter la propriété et descendre le chemin, mais j'avais la conviction que, si je m'y essayais, je verrais en levant les yeux le visage furieux de mon père auprès de celui d'Ursula Monkton, toute jolie et narquoise.

Aussi me suis-je contenté de les surveiller depuis la massive branche du hêtre. Lorsqu'ils sont sortis de mon champ de vision, derrière les massifs d'azalées, j'ai dévalé l'échelle de corde, grimpé dans la maison jusqu'au balcon, et je les ai observés de là-bas. La journée était grise, mais il y avait partout des jonquilles jaune beurre, et des narcisses à profusion, avec leurs pétales exté-rieurs pâles et leurs trompettes orange sombre. Mon père a cueilli une poignée de narcisses et les a offerts à Ursula Monkton qui a ri, prononcé quelques mots, puis exécuté une révérence. Il a répondu par une courbette et dit quelque chose qui a fait rire Ursula. Je me suis dit qu'il avait dû se proclamer son preux chevalier à l'armure d'argent, ou quelque chose de ce genre.

Je voulais crier à son adresse, en bas, l'avertir qu'il offrait des fleurs à un monstre, mais je n'ai rien fait. Je me suis borné à rester en place sur le balcon et à observer ; ils n'ont pas levé les yeux et ils ne m'ont pas remarqué.

Mon livre de mythes grecs m'avait appris que les narcisses portaient le nom d'un beau jeune homme, tellement charmant qu'il était tombé amoureux de lui-même. Il a vu son reflet dans un étang et n'a plus voulu le quitter, et il a fini par en mourir, si bien que les dieux ont été obligés de le changer en fleur. Dans ma tête, en lisant ça, je m'étais imaginé le narcisse comme la plus belle fleur du monde. J'ai été déçu d'apprendre que c'était une simple jonquille, en moins impressionnant.

Ma sœur est sortie de la maison et allée à leur rencontre. Mon père l'a soulevée et balancée dans les airs. Ils sont tous rentrés ensemble, mon père avec ma sœur accrochée à son cou, et Ursula Monkton, les bras remplis de fleurs jaunes et blanches. Je les ai observés. J'ai regardé la main libre de mon père, celle qui ne tenait pas ma sœur, descendre et se poser, négligemment, en propriétaire, sur la courbe du postérieur d'Ursula Monkton dans sa jupe midi.

Je réagirais différemment à cela, maintenant. À l'époque, je ne crois pas en avoir pensé quoi que ce soit. J'avais sept ans.

J'ai grimpé jusqu'à la fenêtre de ma chambre, d'accès facile depuis le balcon, et je me suis étendu sur mon lit, pour lire un livre sur une fille qui restait dans les îles Anglo-Normandes et défiait les nazis parce qu'elle refusait d'abandonner son poney.

Et tout en lisant, je pensais : *Ursula Monkton ne pourra pas me garder éternellement ici. Tôt ou tard – dans quelques jours, au maximum – quelqu'un m'amènera en ville, ou loin d'ici, et alors, j'irai à la ferme au bas du chemin, et je raconterai à Lettie Hempstock ce que j'ai fait.*

Et puis l'idée m'est venue : *Imagine qu'Ursula Monkton n'ait* besoin *que de quelques jours.* Et ça m'a fait peur.

Ce soir-là, Ursula Monkton a préparé pour dîner un pain de viande, et j'ai refusé d'en manger. J'avais résolu de ne rien manger qu'elle ait préparé, cuisiné ou touché. Mon père n'a pas goûté la plaisanterie.

« Mais j'en veux pas, lui ai-je dit. J'ai pas faim. »

Nous étions mercredi et ma mère participait à sa réunion à la mairie du village voisin, afin de collecter de l'argent pour que les Africains qui manquaient d'eau puissent creuser des puits. Elle avait des affiches à exposer, des schémas de puits et des photographies de gens souriants. À la table du repas, il y avait ma sœur, mon père, Ursula Monkton et moi.

« C'est bon, ça va te faire du bien et c'est délicieux, a dit mon père. Et on ne gaspille pas la nourriture, dans notre maison.

— J'ai dit que j'avais pas faim. »

Je mentais. J'avais tellement faim que j'en avais mal.

« Alors, essaie juste une petite bouchée, a-t-il insisté. C'est ton plat préféré. Le pain de viande, la purée et la sauce. Tu adores ça. »

Il y avait dans la cuisine une table des enfants, où nous mangions lorsque nos parents recevaient des amis ou qu'ils devaient dîner plus tard. Mais ce soir-là, nous mangions à la table des adultes. Je préférais celle des enfants. Là-bas, je me sentais invisible. Personne ne me regardait manger.

Ursula Monkton, assise à côté de mon père, me fixait, avec un infime sourire au coin des lèvres.

Je savais que je ferais mieux de me taire, de garder le silence, de bouder. Mais je n'ai pas pu me retenir. Il fallait que j'explique à mon père pourquoi je ne voulais rien manger.

« Je veux rien manger qu'elle a préparé, lui ai-je déclaré. Je l'aime pas.

— Tu vas manger ton plat, a dit mon père. Tu vas au moins essayer. Et présente des excuses à Mlle Monkton.

— Non.

— Ce n'est pas nécessaire », a protesté Ursula Monkton sur un ton compréhensif, et elle m'a regardé et a souri. Je ne crois pas qu'aucune des deux autres personnes à la table ait remarqué qu'elle souriait avec amusement, ni qu'il n'y avait rien de compréhensif dans son expression, son sourire, ou ses yeux de tissu putréfié.

« Je crains bien que si », a dit mon père. Il parlait à peine un peu plus fort et son visage était à peine un peu plus rouge. « Je ne veux pas qu'il soit insolent comme ça avec vous. » Puis, à mon adresse : « Donne-moi une bonne raison, rien qu'une, pour ne pas présenter d'excuses et ne pas manger le délicieux repas que nous a préparé Ursula. »

Je ne savais pas bien mentir. Je la lui ai donnée.

« Parce qu'elle est pas humaine. C'est un monstre. Un… » Comment les Hempstock avaient-elles appelé ce genre de créature ? « C'est une *puce*. »

Mon père avait désormais le feu aux joues, et les lèvres toutes minces. « Dehors, m'a-t-il dit. Dans le couloir. Sur-le-champ. »

Mon cœur a sombré en moi. Je suis descendu de mon tabouret et je l'ai suivi dans le couloir. Il y faisait noir : la seule lumière venait de la cuisine, d'une vitre au-dessus de la porte. Il a baissé les yeux vers moi. « Tu vas revenir dans la cuisine. Tu vas présenter tes excuses à Mlle Monkton. Tu vas finir ton assiette et ensuite, en silence et poliment, tu iras tout droit monter te coucher.

— Non. Je le ferai pas. »

J'ai détalé, dévalé le couloir, tourné au coin et grimpé l'escalier quatre à quatre. Mon père, je n'en doutais pas, allait me poursuivre. Il faisait le double de ma taille, et il était rapide, mais je ne devrais pas continuer longtemps. Il n'y avait dans cette maison qu'une seule pièce que je pouvais fermer à clé, et c'était là ma destination, à gauche en haut de l'escalier, tout au bout du couloir. J'ai atteint la salle de bains avant mon père. J'ai claqué la porte, et j'ai poussé le petit verrou argenté pour la fermer.

Il ne s'était pas lancé à ma poursuite. Peut-être a-t-il jugé que pourchasser un enfant était au-dessous de sa dignité. Mais, au bout de quelques instants, j'ai entendu le choc de son poing, puis sa voix qui ordonnait : « Ouvre cette porte. »

Je n'ai rien répondu. Je me suis assis sur la couverture en peluche du couvercle des toilettes et je l'ai détesté, presque autant que je détestais Ursula Monkton.

Il y a eu un nouveau choc à la porte, plus rude cette fois-ci. « Si tu n'ouvres pas cette porte », a-t-il dit, assez fort pour être sûr que je l'entendais à travers le battant, « je l'enfonce. »

En était-il capable ? Je n'en savais rien. La porte était fermée à clé. Une porte fermée à clé empêchait les gens d'entrer. Une porte fermée à clé signalait que vous étiez à l'intérieur et, quand les gens voulaient entrer dans la salle de bains, ils secouaient la poignée, la porte ne s'ouvrait pas et ils s'exclamaient : « Pardon ! » ou criaient : « Tu en as pour longtemps ? » et...

La porte a explosé vers l'intérieur. Le petit loquet argenté pendait contre le chambranle, tout tordu, tout cassé, et mon père se tenait sur le seuil, bouchant l'encadrement, avec d'énormes yeux blancs, et des joues brûlant de fureur.

« D'accord », a-t-il dit.

Il n'a rien dit de plus, mais sa main a saisi le haut de mon bras gauche avec une poigne que je n'aurais jamais pu rompre. Je me suis demandé ce qu'il allait faire, à présent. Allait-il me battre, finalement, m'expédier dans ma chambre, ou crier contre moi, si fort que j'aurais envie d'être mort ?

Il n'a rien fait de tout ça.

Il m'a tiré vers la baignoire. Il s'est penché, a enfoncé le bouchon en plastique blanc dans le trou de la bonde. Là, il a ouvert le robinet d'eau froide. L'eau a jailli, éclaboussant l'émail blanc, et ensuite, d'un flot lent et régulier, elle a rempli la baignoire.

L'eau s'est déversée à grand bruit.

Mon père s'est tourné vers la porte ouverte. « Je vais m'en occuper moi-même », a-t-il indiqué à Ursula Monkton.

Elle était sur le pas de la porte, tenant ma sœur par la main, et elle paraissait inquiète et douce, mais il y avait du triomphe dans ses yeux.

« Fermez la porte », a demandé mon père. Ma sœur s'est mise à gémir, mais Ursula Monkton a refermé la porte de son mieux, car une des charnières était faussée, et le verrou cassé empêchait la porte de se clore totalement.

Il n'y avait plus que mon père et moi. Ses joues étaient passées du rouge au blanc, il serrait les lèvres et je ne savais ni ce qu'il allait faire, ni pourquoi il faisait couler un bain, mais j'avais peur, vraiment peur.

« Je vais aller m'excuser, lui ai-je promis. Je demanderai pardon. Je pensais pas ce que j'ai dit. C'est pas un monstre. Elle est... elle est jolie. »

Il n'a formulé aucune réponse. La baignoire était pleine, et il a coupé le robinet d'eau froide.

Puis, avec vivacité, il m'a saisi. Il a placé ses énormes mains sous mes aisselles, m'a soulevé avec facilité, si bien que j'ai eu l'impression de ne rien peser du tout.

Je l'ai regardé, j'ai regardé l'expression décidée de son visage. Il avait retiré son veston avant de monter à l'étage. Il portait une chemise bleu clair et une cravate bordeaux à motifs cachemire. Il a enlevé sa montre au bracelet extensible, l'a laissée choir sur le rebord de la fenêtre.

Alors, j'ai compris ce qu'il allait faire, et j'ai donné des coups de pied, je me suis débattu, aucune de ces actions n'ayant le moindre effet d'aucune sorte pendant qu'il me plongeait dans l'eau froide.

J'étais horrifié, mais c'était tout d'abord l'horreur qu'on ressent devant un événement qui va contre l'ordre établi des choses. J'étais tout habillé. Ça n'était pas normal. Je portais mes sandales. Ça n'était pas normal. L'eau du bain était froide, très froide, ça n'était absolument pas normal. Voilà quelle a été ma toute première pensée, tandis qu'il me poussait dans l'eau, puis il m'a forcé encore, enfoncé ma tête et mes épaules sous l'eau glacée, et l'horreur a changé de nature. J'ai pensé : *je vais mourir*.

Et, avec cette idée en tête, j'ai résolu de vivre.

J'ai battu des mains, en essayant de trouver un point auquel m'agripper, mais il n'y avait rien à saisir, rien que les parois glissantes de la baignoire dans laquelle je prenais mes bains depuis deux ans. (J'avais lu quantité de livres dans cette baignoire. C'était un de mes havres de sécurité. Et à présent, ça ne faisait pour moi aucun doute, j'allais y mourir.)

J'ai ouvert mes yeux, sous l'eau, et je l'ai vue qui pendait là, devant mon visage, ma chance de survie, et je m'y suis accroché des deux mains : la cravate de mon père.

Je l'ai serrée énergiquement, me hissant vers le haut tandis qu'il me poussait vers le bas, m'y agrippant avec ma vie en jeu, halant mon visage vers le haut hors de cette eau glaciale, si étroitement crispé sur cette cravate qu'il ne pouvait plus m'enfoncer de nouveau la tête et les épaules dans la baignoire sans y plonger lui-même.

J'avais à présent la figure hors de l'eau et j'ai mordu à belles dents dans sa cravate, juste au-dessous du nœud.

Nous avons lutté. J'étais trempé, je tirais un maigre plaisir de l'idée qu'il l'était lui aussi, sa chemise bleue plaquée à sa carrure massive.

Il m'a alors poussé de nouveau vers le bas, mais la peur de la mort nous donne de la force : j'avais les dents et les mains soudées à sa cravate, et il ne pouvait pas me faire lâcher prise sans me frapper.

Mon père ne m'a pas frappé.

Il s'est redressé et j'ai été emporté vers le haut avec lui ; je dégoulinais, je hoquetais, j'étais furieux, je pleurais et j'étais terrifié. J'ai desserré l'étau de mes dents sur sa cravate, tout en continuant à tenir bon avec les mains.

Il a dit : « Tu m'as fichu ma cravate en l'air. Lâche ça. » Le nœud de la cravate s'était rétréci à la taille d'un petit pois, sa doublure détrempée pendait au-dehors. « Tu devrais t'estimer heureux que ta mère ne soit pas là. »

J'ai lâché prise, pour choir sur le lino inondé de la salle de bains. J'ai reculé d'un pas, vers le siège des toilettes. Il a baissé les yeux vers moi. Puis il a dit : « Va dans ta chambre. Je ne veux plus te revoir ce soir. »

J'ai filé dans ma chambre.

VIII

Je grelottais convulsivement, j'étais trempé jusqu'aux os et j'avais froid, très froid. J'avais l'impression qu'on m'avait volé toute ma chaleur. Les vêtements mouillés me collaient à la chair et l'eau glacée dégoulinait sur le parquet. À chacun de mes pas, mes sandales produisaient des gargouillis comiques, et l'eau suintait par les petits trous en losange sur l'empeigne.

J'ai retiré tous mes vêtements et les ai laissés en une pile imbibée d'eau sur le carrelage près de la cheminée, où ils ont commencé à créer une flaque. J'ai pris la boîte d'allumettes sur le manteau, j'ai ouvert le robinet de gaz et j'ai allumé la flamme du radiateur à gaz.

(Je contemple une mare, en me souvenant d'événements qui sont difficiles à croire. Pourquoi est-ce que je trouve que le plus difficile à admettre, rétrospectivement, c'est qu'une fillette de cinq ans et un garçonnet de sept aient eu dans leur chambre un radiateur à gaz ?)

Il n'y avait pas de serviettes dans la chambre, et je suis resté planté là, tout mouillé, à me demander comment me sécher. J'ai pris la mince courte-pointe qui couvrait mon lit, je me suis frictionné avec, et puis j'ai enfilé mon pyjama. Il était en nylon rouge, satiné et rayé, avec une marque de brûlure, noire et plastique, sur la manche gauche, à l'endroit où je m'étais penché un jour trop près du radiateur, et où le bras du pyjama avait pris feu, bien que, par je ne sais quel miracle, je ne me sois pas brûlé le bras.

Une robe de chambre que je n'utilisais quasiment jamais était pendue derrière la porte de la chambre, en position parfaite pour jeter des ombres cauchemardesques sur le mur lorsque la lumière du couloir était allumée et la porte entrebâillée. Je l'ai endossée.

La porte de la chambre s'est ouverte, et ma sœur est entrée pour prendre sa chemise de nuit sous son oreiller. « Tu as été si méchant que j'ai même pas le droit de dormir dans la chambre avec toi. Je vais dormir dans le lit de Papa et Maman, cette nuit. Et Papa a dit que je pouvais regarder la *télévision*. »

Dans un coin de la chambre de mes parents, il y avait un vieux poste de télé dans un meuble en bois brun, qu'on n'allumait pratiquement jamais. La stabilité horizontale fluctuait, et l'image trouble en noir et blanc avait tendance à défiler, en un lent ruban : la tête des gens disparaissait au bas de l'écran tandis que leurs pieds, à un train de sénateur, descendaient du haut.

« Je m'en fiche, lui ai-je répondu.

— Papa a dit que sa cravate est fichue. Et il est tout mouillé », a annoncé ma sœur, de la satisfaction dans la voix.

Ursula Monkton se tenait à la porte de la chambre. « Il ne faut pas lui parler, a-t-elle dit à ma sœur. Nous ne lui reparlerons que lorsqu'il aura la permission de rejoindre la famille. »

Ma sœur s'est glissée dehors, en se dirigeant vers la chambre voisine, celle de mes parents. « Vous faites pas partie de ma famille, ai-je lancé à Ursula Monkton. Quand Maman rentrera, je lui dirai ce que Papa m'a fait.

— Elle ne sera pas de retour avant deux heures encore. Et que pourras-tu lui raconter qui changera quoi que ce soit ? Elle soutient ton père en tout, non ? »

C'était vrai. Ils présentaient toujours un front parfaitement uni.

« Ne t'oppose pas à moi, a enchaîné Ursula Monkton. J'ai des choses à faire, ici, et tu te mets en travers de ma voie. La prochaine fois ce sera bien pire. La prochaine fois, je vais t'enfermer au grenier.

— J'ai pas peur de vous », lui ai-je répliqué. J'avais peur d'elle, davantage que je n'avais jamais eu peur de quoi que ce soit.

« Il fait très chaud, ici », m'a-t-elle dit, et elle a souri. Elle est allée jusqu'au radiateur à gaz, a tendu la main pour l'éteindre, et elle a pris les allumettes sur le manteau de la cheminée.

« T'es quand même qu'une puce », lui ai-je lancé.

Elle a cessé de sourire. Elle a levé le bras vers le linteau, au-dessus de la porte, plus haut que ne pouvait atteindre un enfant, et elle a attrapé la clé qui y était déposée. Elle est sortie de la chambre et a fermé la porte. J'ai entendu la clé tourner, entendu le cliquetis du pêne qui se mettait en place.

Je distinguais les voix de la télévision qui venaient de la chambre voisine. J'ai entendu la porte du couloir se fermer, isolant les deux chambres du reste de la maison, et j'ai su qu'Ursula Monkton descendait. Je suis allé à la serrure et j'ai regardé à travers. J'avais appris dans un livre que je pouvais utiliser un crayon pour pousser une clé à travers le trou de la serrure sur une feuille de papier glissée en dessous, et me libérer de cette façon... mais le trou de serrure était vide.

J'ai pleuré, alors, transi et encore humide, dans cette chambre, pleuré de douleur, de colère et de terreur, pleuré en toute sécurité, sachant que personne n'entrerait et ne me verrait, que personne ne se moquerait de mes pleurs, comme on se moquait dans mon école des garçons assez imprudents pour céder aux larmes.

J'ai entendu le doux tapotement de gouttes de pluie contre les carreaux de ma fenêtre de chambre, et même cela ne m'a apporté aucune joie.

J'ai pleuré jusqu'à avoir épuisé mes larmes. Ensuite, j'ai aspiré de profondes goulées d'air, et je me suis dit : Ursula Monkton, ce monstre de toile qui claquait, ver et puce, m'attraperait si j'essayais de quitter la propriété. Je le savais.

Mais Ursula Monkton m'avait enfermé. Elle ne s'attendait pas à ce que je m'en aille maintenant.

Et peut-être, si j'avais de la chance, son attention était-elle distraite.

J'ai ouvert la fenêtre de ma chambre, et j'ai écouté la nuit. La pluie douce produisait un bruit proche d'un froissement. La nuit était froide, et j'étais déjà glacé. Ma sœur occupait la chambre d'à côté, et regardait une émission à la télévision. Elle ne m'entendrait pas.

Je suis allé jusqu'à la porte et j'ai éteint la lumière.

J'ai traversé la chambre dans le noir, et je suis remonté sur mon lit.

Je suis dans mon lit, ai-je pensé. *Je suis couché dans mon lit, à me dire que je suis très malheureux. Je ne vais pas tarder à m'endormir. Je suis dans mon lit, et je sais qu'elle a gagné, et si elle vient vérifier, je suis dans mon lit, je dors.*

Je suis dans mon lit, et il est temps à présent que je dorme... je n'arrive même plus à garder les yeux ouverts. Je dors profondément. Profondément endormi dans mon lit...

Je me suis mis debout sur le lit et je suis sorti par la fenêtre. Je suis resté perché un moment, puis je me suis laissé tomber, aussi silencieusement que possible, sur le balcon. C'était la partie facile.

En grandissant, je fondais beaucoup ma conduite sur les livres. Ils m'enseignaient l'essentiel de ce que je savais sur le comportement des gens, sur l'attitude à avoir. Ils me servaient de professeurs et de conseillers. Dans les livres, les garçons grimpaient dans les arbres ; donc, je grimpais dans les arbres, parfois très haut, toujours avec la peur de tomber. Dans les livres, les gens grimpaient et descendaient le long des gouttières pour entrer et sortir des maisons ; donc, moi aussi, je montais et je descendais par les gouttières. C'étaient les lourdes gouttières en fer d'antan, rivées à la brique, pas les équipements en plastique léger d'aujourd'hui.

Je n'avais jamais descendu une gouttière dans le noir ni sous la pluie, mais je connaissais l'emplacement des prises pour les pieds. Je savais également que le plus grand problème ne serait pas une chute, une dégringolade de six mètres dans le massif de fleurs mouillé ; mais que la gouttière par laquelle je descendais longeait le salon de télé, où, je n'en doutais pas, Ursula Monkton et mon père devaient regarder le poste.

J'ai essayé de ne pas penser.

J'ai enjambé le muret en brique qui bordait le balcon, tendu la main jusqu'à ce que je touche la gouttière en fer, froide et glissante de pluie. Je m'y suis accroché, et j'ai fait un grand pas vers elle, laissant mes pieds nus venir reposer sur la bague en métal qui cerclait la gouttière, l'arrimant solidement à la brique.

Je suis descendu, un pas à la fois, m'imaginant dans la peau de Batman, dans la peau de cent héros et héroïnes de romans d'aventures scolaires ; puis, me rappelant au présent, je me suis imaginé être une goutte de pluie sur le mur, une brique, un arbre. *Je suis sur mon lit,* ai-je pensé. Je n'étais pas ici, avec la lumière du salon de télé, dépourvu de rideau, qui se répandait en dessous de moi, transformant la pluie qui tombait devant la fenêtre en une série de lignes et de rayures scintillantes. *Ne me regardez pas,* ai-je pensé. *Ne regardez pas par la fenêtre.*

J'ai progressé peu à peu. D'ordinaire, j'aurais abandonné la gouttière pour passer sur le rebord extérieur de la fenêtre du salon de télé, mais il n'en était pas question. Avec méfiance, je suis descendu de quelques centimètres supplémentaires, je me suis incliné davantage vers l'ombre en m'écartant de la lumière, et j'ai jeté un coup d'œil terrifié dans la pièce, en m'attendant à voir mon père et Ursula Monkton me regarder aussi.

Le salon était vide.

Les lumières étaient allumées, le poste de télévision aussi, mais personne n'était assis sur le canapé et la porte qui donnait sur le couloir du rez-de-chaussée était ouverte.

J'ai posé aisément le pied sur le rebord de la fenêtre, en espérant contre tout espoir qu'aucun des deux ne reviendrait et ne me verrait, puis je me suis laissé tomber du rebord dans le massif de fleurs. La terre mouillée était meuble sous mes pieds.

J'allais me mettre à courir, simplement courir, mais il y avait de la lumière au petit salon, où n'entraient jamais les enfants, une pièce lambrissée de chêne réservée aux grands moments et aux occasions spéciales.

Les rideaux étaient tirés. Ils étaient en velours vert, doublés de blanc, et la lumière qui s'en échappait, au point où ils n'avaient pas été tirés complètement, était douce et dorée.

Je me suis avancé jusqu'à la fenêtre. Les rideaux n'étaient pas tout à fait clos. Je pouvais voir dans la pièce, voir ce qui se trouvait directement en face de moi.

Je ne savais pas très bien ce que je voyais. Mon père avait plaqué Ursula Monkton contre un côté de la grande cheminée du mur d'en face. Il me tournait le dos. Elle aussi, ses mains appuyées contre le haut dessus de cheminée massif. Il la serrait dans ses bras, par-derrière. La jupe midi d'Ursula Monkton était remontée autour de sa taille.

Je ne savais pas exactement ce qu'ils faisaient, et je m'en souciais assez peu, à ce moment-là. Tout ce qui comptait était que l'attention d'Ursula Monkton se portait vers autre chose que moi, et je me suis détourné de l'interstice entre les rideaux, de la lumière et de la maison, pour m'enfuir, pieds nus, dans les ténèbres et la pluie.

L'obscurité n'était pas absolue. C'était une de ces nuits couvertes où les nuages semblent attirer à eux la lumière lointaine des éclairages urbains et des maisons en contrebas, pour la refléter vers la terre. J'y voyais assez bien, une fois que mes yeux se sont accommodés. J'ai pu atteindre le fond du jardin, dépasser le tas de fumier et les herbes coupées, et ensuite descendre la colline jusqu'au chemin. Des ronces et des épines m'ont piqué les pieds et griffé les jambes, mais j'ai continué à courir.

J'ai enjambé la barrière métallique basse pour me trouver sur le chemin. J'avais quitté notre propriété et j'ai eu l'impression qu'une migraine dont je n'avais pas conscience venait soudain de se dissiper. J'ai chuchoté, sur un ton pressant : « Lettie ? Lettie Hempstock ? » Et je me disais : *Je suis au lit. Je rêve tout ça. Des rêves qu'on croirait vrais. Je suis dans mon lit*, mais je ne croyais pas qu'Ursula Monkton songeait à moi en cet instant précis.

Tout en courant, j'ai pensé à mon père, ses bras autour de la gouvernante qui n'en était pas une, en train de l'embrasser dans le cou, et puis j'ai vu son visage à travers l'eau glacée du bain tandis qu'il me maintenait submergé, et je n'avais désormais plus peur de ce qui s'était passé dans la salle de bains ; à présent, je m'effrayais de ce que cela signifiait, que mon père embrasse Ursula Monkton dans le cou, que ses mains lui relèvent sa jupe midi au-dessus de la taille.

Mes parents constituaient un bloc, inviolable. Le futur était soudain devenu insondable : le train de ma vie venait de quitter les rails, il filait à travers champs et descendait le chemin avec moi, en cet instant.

Les silex du chemin me blessaient les pieds tandis que je courais, mais je m'en fichais. Sous peu, j'en étais sûr, la créature qui était Ursula Monkton en aurait terminé avec mon père. Peut-être monteraient-ils ensemble vérifier comment j'allais. Elle s'apercevrait que j'avais disparu et se lancerait à mes trousses.

J'ai pensé : *s'ils me poursuivent, ils seront en voiture.* J'ai cherché une brèche dans les haies qui encadraient le chemin. J'ai repéré un portillon de bois et je l'ai escaladé, puis j'ai continué ma course à travers le pré, mon cœur battant comme le plus gros et le plus sonore des tambours qui soient ou aient jamais été, pieds nus, mon pyjama et ma robe de chambre trempés en dessous du genou et plaqués contre ma peau. Je courais sans m'inquiéter des bouses de vache. Le pré était plus confortable sous mes pieds que ne l'avaient été les silex du chemin. Je me sentais plus heureux, et plus réel, en courant sur l'herbe.

Le tonnerre a grondé derrière moi, bien que je n'aie pas vu d'éclair. J'ai escaladé une barrière et mes pieds se sont enfoncés dans la terre meuble d'un champ fraîchement retourné. Je l'ai traversé en trébuchant, tombant parfois, mais j'ai continué à avancer. Franchissement d'un petit portail, passage dans le champ voisin, pas labouré celui-là, que j'ai parcouru en me serrant contre la haie, par crainte de trop m'exposer en terrain découvert.

Les phares d'une voiture ont descendu le chemin, soudains et aveuglants. Je me suis figé sur place, j'ai fermé les yeux, je me suis imaginé endormi dans mon lit. La voiture est passée sans ralentir, et j'ai aperçu ses feux arrière rouges tandis qu'elle s'éloignait de moi : une fourgonnette blanche, qui appartenait à la famille Anders, me semblait-il.

Toutefois, cela a fait paraître le chemin moins sûr, et j'ai coupé par le pré. J'ai atteint le champ suivant, constaté qu'il n'était séparé de celui où je me trouvais que par de fines longueurs de fil de fer, faciles à franchir en se baissant, pas même du barbelé, aussi ai-je tendu le bras et tiré vers le haut un fil nu afin de créer la place pour me glisser par-dessous et...

On aurait dit que j'avais été frappé, et frappé avec brutalité, en pleine poitrine. Mon bras, quand j'ai empoigné le fil de fer de la barrière, s'est convulsé, et ma paume m'a brûlé, exactement comme si je venais de me cogner le coude contre un mur.

J'ai lâché la clôture électrique et j'ai reculé en titubant. J'étais à présent incapable de courir, mais j'ai pressé le pas dans le vent, la pluie et le noir, en longeant la clôture et en prenant désormais bien garde à ne pas la toucher, jusqu'à ce que j'atteigne un portail de barrière. J'ai grimpé par-dessus et j'ai traversé le champ, me dirigeant vers les ténèbres plus profondes à l'autre bout – des arbres, ai-je supposé, et des bois – et je ne me suis pas trop approché de l'orée du champ au cas où une autre clôture électrique m'y attendrait.

J'ai hésité, sans savoir où aller ensuite. Comme en réponse, le monde a été illuminé, un instant

– mais je n'avais besoin que d'un instant – par la foudre. J'ai vu un portillon en bois, et j'ai couru vers lui.

Escalade du portillon. J'ai atterri dans une touffe d'orties, je l'ai su dès que les démangeaisons brûlantes et glacées ont dévoré mes chevilles nues et le dessus de mes pieds, mais j'ai alors recommencé à courir, à courir de mon mieux. J'espérais que je me dirigeais toujours vers la ferme des Hempstock. Il le fallait. J'ai encore coupé à travers un champ avant de prendre conscience que je ne savais plus où se situait le chemin, ni, d'ailleurs, où j'étais, moi. Je savais simplement que la ferme des Hempstock se trouvait au bout de mon chemin, mais j'étais perdu dans un pré tout noir, les nuages d'orage s'étaient abaissés, la nuit était vraiment sombre, la pluie continuait, même si elle n'était toujours pas très forte, et mon imagination s'est mise à peupler les ténèbres de loups et de fantômes. Je voulais retenir mon imagination, retenir mes pensées, mais je n'y arrivais pas.

Et derrière le défilé des loups, des fantômes et des arbres, il y avait Ursula Monkton, qui me promettait que la prochaine fois que je lui désobéirais, ce serait bien pire pour moi, qu'elle m'enfermerait dans le grenier.

Je n'étais pas courageux. Je fuyais tout, j'avais froid, j'étais mouillé, j'étais perdu.

J'ai crié, à pleins poumons : « Lettie ? Lettie Hempstock ! Hou hou ? » Mais il n'y a pas eu de réponse, et je n'en attendais pas.

Le tonnerre a grommelé et grondé un rugissement grave et continu, un lion poussé à l'irritation, et la foudre brillait et clignotait comme un néon défectueux. Dans les éclats de lumière, j'ai pu voir que la zone du champ où je me trouvais finissait en pointe, avec des haies de chaque côté, et aucun passage. Je n'apercevais pas de portail, ni aucun autre portillon que celui par lequel j'étais passé, à l'autre bout du champ.

Quelque chose a crépité.

J'ai levé les yeux vers le ciel. J'avais vu des éclairs dans les films à la télévision, de longs fendillements fourchus de lumière à travers les nuages. Mais ceux que j'avais vus jusqu'ici de mes propres yeux se résumaient à un éblouissement blanc venu d'en haut, comme un flash d'appareil photo, pour calciner le monde dans la visibilité fugace d'un stroboscope. Ce que j'ai alors vu dans le ciel, ce n'était pas cela.

Il ne s'agissait pas non plus d'éclairs fourchus.

Ça allait et ça venait, un feu blanc-bleu qui se tortillait dans le ciel. Il a expiré de nouveau, et puis s'est encore embrasé, et ces jaillissements et clignotements illuminaient le pré, le transformaient en un endroit visible de moi. La pluie crépitait dur et me giflait le visage, passée en un instant du crachin au déluge. En quelques secondes, ma robe de chambre a été complètement trempée. Mais à cette clarté, j'ai vu – ou j'ai cru voir – une ouverture dans la haie à ma droite, et j'ai marché, car je n'étais plus capable de courir, plus maintenant, aussi vite que j'ai pu, dans sa direction, en espérant que c'était une réalité. Ma robe de chambre imbibée d'eau claquait dans les rafales de vent, et ce bruit de tissu qui battait m'horrifiait.

Je n'ai pas levé les yeux vers le ciel. Je n'ai pas regardé derrière moi.

Mais je voyais l'autre bout du champ, et il y avait en effet un espace entre les haies. Je l'avais presque atteint quand une voix a dit :

« Je croyais t'avoir dit de rester dans ta chambre. Et voilà que je te retrouve en train de fureter partout comme un marin noyé. »

Je me suis retourné, j'ai regardé derrière moi, je n'ai rien vu du tout. Il n'y avait personne, là.

Et puis j'ai levé les yeux.

La créature qui se faisait appeler Ursula Monkton était suspendue dans les airs, à quelque six mètres au-dessus de moi, et des éclairs rampaient et clignaient dans le ciel derrière elle. Elle ne volait pas. Elle flottait, légère comme un ballon, et cependant les brusques coups de vent ne la déplaçaient pas.

Le vent a hurlé et m'a fouetté le visage. Le tonnerre rugissait au loin, et d'autres tonnerres plus réduits crépitaient et crachaient, et elle a parlé doucement, mais j'entendais chaque mot qu'elle prononçait aussi distinctement que si elle me le murmurait à l'oreille.

« Oh, mon petit chou tout mignon, te voilà dans de bien sales draps. »

Elle souriait, le plus énorme, le plus dentu des sourires que j'aie jamais vus sur un visage humain, mais il n'exprimait pas de l'amusement.

Je la fuyais dans le noir depuis, quoi ? Une demi-heure ? Une heure ? J'ai regretté de ne pas être resté sur le chemin et d'avoir essayé de couper à travers champs. Je serais déjà arrivé à la ferme des Hempstock. Au lieu de ça, j'étais égaré et pris au piège.

Ursula Monkton est descendue. Elle avait son chemisier rose ouvert, déboutonné. Elle portait un soutien-gorge blanc. Sa jupe midi claquait au vent, révélant ses mollets. Elle ne semblait pas mouillée, malgré l'orage. Ses vêtements, son visage, ses cheveux étaient parfaitement secs.

Elle flottait au-dessus de moi, à présent, et elle a tendu les mains.

Chaque geste, tout ce qu'elle faisait, était décomposé par le stroboscope des éclairs apprivoisés qui clignotaient et se tordaient autour d'elle. Ses doigts se sont ouverts comme des fleurs dans un film en accéléré, et j'ai su qu'elle jouait avec moi, j'ai su ce qu'elle voulait que je fasse ; je me suis détesté de ne pas lui tenir tête, mais j'ai agi comme elle le voulait : je me suis enfui.

J'étais une petite créature qui l'amusait. Elle jouait, tout comme j'avais vu Monstre, le gros matou orange, jouer avec une souris – la laissant filer pour qu'elle détale, avant de bondir, et de la rabattre d'un coup de patte. Mais la souris courait quand même, et je n'avais pas le choix ; j'ai couru aussi.

J'ai couru vers l'intervalle dans la haie, aussi vite que je pouvais, trébuchant, meurtri et trempé.

J'avais sa voix dans mes oreilles, pendant que je courais.

« Je t'ai dit que j'allais t'enfermer au grenier, non ? Et je vais le faire. Ton papa m'aime bien, à présent. Il fera tout ce que je voudrai. Peut-être que, désormais, chaque soir, il grimpera par l'échelle et te laissera sortir du grenier. Et chaque soir, il te noiera dans la baignoire, il te plongera dans l'eau bien froide. Je le laisserai agir ainsi chaque soir, jusqu'à ce que je m'en lasse, et alors, je lui dirai de ne plus te retirer et de te plonger simplement sous l'eau, jusqu'à ce que tu cesses de te débattre et que tu n'aies plus que du noir et de l'eau dans les poumons. Je lui dirai de t'abandonner dans la baignoire froide, et tu ne bougeras plus jamais. Et chaque soir je l'embrasserai, encore et encore... »

J'avais franchi le trou dans la haie et je courais sur de l'herbe tendre.

Le crépitement de la foudre et une étrange odeur, âcre, métallique, étaient tellement proches qu'ils ont fait passer des fourmillements sur ma peau. Autour de moi tout est devenu de plus en plus brillant, illuminé par les clignotements de la lumière blanc-bleu.

« Et quand ton papa t'abandonnera enfin pour de bon dans la baignoire, tu seras heureux », a chuchoté Ursula Monkton, et j'ai imaginé que je sentais ses lèvres m'effleurer l'oreille. « Parce que le grenier ne va pas te plaire. Pas seulement parce qu'il fait noir, là-haut avec les araignées, et les fantômes. Mais parce que je vais amener mes amis. On ne les voit pas de jour, mais ils seront avec toi dans le grenier, et tu ne vas pas du tout les apprécier. Ils n'aiment pas les petits garçons, mes amis. Ils se feront passer pour des araignées, aussi grosses que des chiens. De vieux vêtements sans rien dedans, qui te tiraillent sans jamais lâcher prise. L'intérieur de ton crâne. Et quand tu seras dans le grenier, il n'y aura pas de livres, pas d'histoires, plus jamais. »

Je n'avais pas imaginé ça. Ses lèvres m'avaient frôlé l'oreille. Elle flottait dans l'air à côté de moi, de telle façon que sa tête était près de la mienne, et quand elle m'a surpris à la regarder, elle a affiché son sourire factice et je n'ai plus pu courir. Je pouvais à peine bouger. J'avais un point de côté, je ne pouvais plus reprendre mon souffle, et pour moi tout était fini.

Mes jambes se sont effacées sous moi, j'ai trébuché et je suis tombé, et cette fois-ci, je ne me suis pas relevé.

J'ai senti de la chaleur sur mes jambes, et j'ai baissé les yeux pour voir un jet jaune sortir du devant de mon pantalon de pyjama. J'avais sept ans, je n'étais plus un petit enfant, mais je me faisais dessus de peur, comme un bébé, et je n'y pouvais rien, tandis qu'Ursula Monkton, suspendue en l'air à quelques dizaines de centimètres au-dessus de moi, m'observait d'un air dépassionné.

La chasse était terminée.

Elle s'est redressée toute droite en l'air, à un mètre du sol. J'étais étendu au-dessous d'elle, sur le dos, dans l'herbe trempée. Elle a commencé à descendre lentement, inexorablement, comme un personnage sur l'écran d'un poste de télévision déréglé.

Quelque chose m'a touché la main gauche. Quelque chose de doux. Ça m'a chatouillé la main, et j'ai regardé, avec la crainte d'une araignée aussi grosse qu'un chien. J'ai vu, illuminée par les éclairs qui se tordaient autour d'Ursula Monkton, une macule de ténèbres près de ma main. Une macule de ténèbres avec une tache blanche sur une oreille. J'ai pris le chaton dans ma main, je l'ai porté à mon cœur et je l'ai caressé.

J'ai déclaré : « Je viendrai pas avec vous. Vous pouvez pas m'obliger. » Je me suis assis, parce que je me sentais moins vulnérable assis, et le chaton s'est roulé en boule et a pris ses aises dans ma main.

« Petit mignon en sucre », a dit Ursula Monkton. Ses pieds ont touché le sol. Ses foudres personnelles l'illuminaient, comme un portrait de femme exécuté en gris, en verts et en bleus, et pas du tout comme une femme réelle. « Tu n'es qu'un petit garçon. Je suis une adulte. J'étais adulte quand ton monde n'était qu'une boule de roche en fusion. Je peux te faire tout ce que je veux. À présent, debout. Je te ramène à la maison. »

Le chaton, qui frottait son museau contre ma poitrine, a émis un bruit haut perché, pas un miaulement. Je me suis tourné, quittant des yeux Ursula Monkton, pour regarder derrière moi.

La fillette qui avançait vers nous, à travers le champ, portait un ciré rouge brillant avec un capuchon, et une paire de bottes en caoutchouc noir qui paraissaient trop grandes pour elle. Elle est sortie des ténèbres, sans crainte. Elle a levé les yeux vers Ursula Monkton.

« Quitte ma terre », a dit Lettie Hempstock.

Ursula Monkton a reculé d'un pas et s'est élevée, en même temps, si bien qu'elle était suspendue dans les airs au-dessus de nous. Lettie Hempstock a tendu la main vers moi, sans me regarder assis, et elle a pris ma main, nouant ses doigts avec les miens.

« Je ne touche pas ta terre, a déclaré Ursula Monkton. Va-t'en, petite fille.

— Tu es sur mes terres », a répondu Lettie Hempstock.

Ursula Monkton a souri, et les éclairs se sont tressés et tordus autour d'elle. Elle était la puissance incarnée, debout dans l'air qui crépitait. Elle était l'orage, elle était la foudre, elle était le monde adulte avec tout son pouvoir, tous ses secrets et toute sa sotte et négligente cruauté. Elle m'a adressé un clin d'œil.

J'étais un garçonnet de sept ans, et mes pieds griffés saignaient. Je venais de me faire dessus. Et la créature qui flottait au-dessus de moi était immense et gourmande, elle voulait m'emporter dans le grenier et, quand elle se serait lassée de moi, elle pousserait mon père à me tuer.

La main de Lettie Hempstock dans la mienne me rendait plus brave. Mais Lettie n'était qu'une fillette, même si elle était grande, même si elle avait onze ans, même si elle avait onze ans depuis très longtemps. Ursula Monkton était une adulte. Peu importait, à ce moment-là, qu'elle soit tous les monstres, toutes les sorcières, tous les cauchemars incarnés. C'était aussi une adulte, et quand des adultes affrontent des enfants, ce sont toujours les adultes qui gagnent.

« Tu devrais retourner d'où t'es venue, la première fois. C'est pas sain pour toi de te trouver ici. Pour ton propre bien, repars. »

Un bruit dans l'air, un horrible crissement déformé, gorgé de douleur et d'impossibilité, un bruit qui m'a fait grincer des dents et a fait se raidir le chat, ses pattes avant appuyées contre ma poitrine, et se hérisser sa fourrure. La petite bête s'est retournée, s'est hissée avec ses griffes jusqu'à mon épaule, et a chuinté et craché. J'ai levé les yeux vers Ursula Monkton. C'est seulement en voyant son visage que j'ai su ce qu'était ce bruit.

Ursula Monkton riait.

« Repartir ? Lorsque les tiens ont déchiré le trou dans l'À-Jamais, j'ai saisi ma chance. J'aurais pu régir des mondes, mais je vous ai suivis, j'ai attendu, j'avais de la patience. Je savais que tôt ou tard les barrières se relâcheraient, que je foulerais la Terre vraie, sous le Soleil du Ciel. » Elle ne riait plus, à présent. « Tout est tellement fragile, ici, petite fille. Tout se brise si aisément. Ils veulent des choses tellement simples. Je prendrai à ce monde tout ce que je veux, comme un enfant bourre son petit museau gras des mûres d'un buisson. »

Je n'ai pas lâché la main de Lettie, pas cette fois. J'ai caressé le chaton, dont les griffes en aiguille s'enfonçaient dans mon épaule, et j'ai été mordu pour ma peine, mais le chaton n'a pas mordu fort, c'était juste la peur.

La voix d'Ursula Monkton venait de partout autour de nous, tandis que le vent d'orage soufflait en rafales. « Vous m'avez longtemps tenue à l'écart d'ici. Et puis, tu m'as offert une porte, et je l'ai utilisée pour me transférer hors de mon cachot. Et que peux-tu faire, maintenant que je suis sortie ? »

Lettie ne paraissait pas en colère. Elle a réfléchi puis a dit : « Je pourrais te fabriquer une nouvelle porte. Ou, mieux encore, je pourrais demander à Mémé de t'envoyer de l'autre côté de l'océan, jusqu'à l'endroit d'où t'as dû venir au début. »

Ursula Monkton a craché dans l'herbe et une minuscule boule de feu a crépité et chuinté sur le sol, à l'endroit où était tombée sa salive.

« Donne-moi ce garçon, a-t-elle simplement répondu. Il est à moi. Je suis venue ici en lui. J'en suis propriétaire.

— T'es propriétaire de rien, non, a répliqué Lettie Hempstock avec colère. Surtout pas de lui. » Lettie m'a aidé à me remettre debout, elle s'est placée derrière moi et a noué les bras autour de moi. Nous étions deux enfants dans un champ la nuit. Lettie me tenait et je tenais le chaton, tandis qu'au-dessus et tout autour de nous, une voix disait :

« Et que vas-tu faire ? Le ramener chez toi avec toi ? C'est ici un monde de règles, petite fille. Il appartient à ses parents, après tout. Prends-le, et ses parents viendront le ramener chez lui, et ses parents m'appartiennent.

— Tu me fatigues, à présent, a déclaré Lettie Hempstock. Je t'ai donné ta chance. T'es sur ma terre. Va-t'en. »

Tandis qu'elle disait cela, j'ai eu la même sensation sur ma peau que lorsque je frottais un ballon sur mon pull-over, avant de le porter contre mon visage et mes cheveux. J'avais des picotements et des chatouillis partout. Mes cheveux étaient trempés, mais même mouillés, ils semblaient commencer à se dresser sur ma tête.

Lettie Hempstock m'a tenu solidement. « T'en fais pas », a-t-elle chuchoté, et j'allais dire quelque chose, demander pourquoi je ne devais pas m'en faire, de quoi je devais avoir peur, quand le champ où nous nous trouvions a commencé à luire.

C'était une lueur dorée. Chaque brin d'herbe resplendissait et rayonnait, chaque feuille de chaque arbre. Même les haies irradiaient. C'était une lumière chaude. Il semblait, à mes yeux, que la terre sous l'herbe s'était transmutée de matière vile en pure lumière et, dans le rayonnement doré du pré, les éclairs blanc-bleu qui crépitaient encore autour d'Ursula Monkton paraissaient beaucoup moins impressionnants.

Ursula Monkton s'est élevée irrégulièrement, comme si l'air venait de s'échauffer et qu'il la soulevait. Puis Lettie Hempstock a chuchoté dans le monde des paroles anciennes, et le pré a explosé en un flamboiement doré. J'ai vu Ursula Monkton balayée et emportée, bien que je n'aie pas senti de vent ; il devait pourtant y en avoir, car elle se débattait et cabriolait comme une feuille morte dans une bourrasque. Je l'ai regardée culbuter dans la nuit, et puis Ursula Monkton et ses foudres ont disparu.

« Allons, viens, a déclaré Lettie Hempstock. Il faut qu'on t'installe devant un bon feu. Et dans un bain chaud. Tu vas attraper la mort. » Elle m'a lâché la main, a arrêté de me serrer contre elle, a reculé d'un pas. La lumière dorée a diminué, très lentement, et puis elle a disparu, ne laissant plus dans les buissons que des reflets et des pétillements fugaces, comme aux derniers moments des feux d'artifice, la nuit du Bûcher, le 5 novembre.

« Elle est morte ? ai-je demandé.

— Non.

— Alors, elle va revenir. Et t'auras des ennuis.

— On verra bien. T'as faim ? »

Elle m'a posé la question, et j'ai su que oui. Je l'avais oublié, je ne sais comment, mais à présent la mémoire me revenait. J'avais tellement faim que j'en avais mal.

« Voyons… » Lettie parlait en me guidant à travers champs. « T'es trempé comme une soupe. On va devoir te trouver quelque chose à porter. Je vais regarder dans la commode de la chambre verte. Je crois que le cousin Japeth y a laissé une partie de ses affaires quand il est parti se battre dans les guerres des Souris. Il était pas beaucoup plus grand que toi. »

Le chaton me léchait les doigts avec une petite langue rêche.

« J'ai trouvé un chaton, j'ai dit.

— Je vois ça. Elle a dû te suivre depuis les champs où tu l'as déterrée.

— C'est cette petite chatte-là ? La même que celle que j'ai cueillie ?

— Ouaip. Elle t'a déjà dit son nom ?

— Non. Ils font ça ?

— Parfois. Si t'écoutes. »

J'ai vu devant nous les lumières de la ferme Hempstock, accueillantes, et j'ai été réconforté, même si je n'arrivais pas à comprendre comment nous étions passés si rapidement du champ où nous nous trouvions à la ferme.

« T'as eu de la chance, m'a dit Lettie. Cinq mètres plus en arrière, et le champ appartient à Colin Anders.

— Tu serais venue quand même. Tu m'aurais sauvé. »

Elle m'a pressé le bras avec sa main, mais elle n'a rien dit.

« Lettie, lui ai-je déclaré. Je veux pas rentrer chez moi. » Ce n'était pas vrai. Je voulais rentrer chez moi plus que tout au monde, simplement pas à l'endroit que j'avais fui cette nuit-là. Je voulais revenir au chez-moi où je vivais avant que le prospecteur d'opales ne se tue dans notre petite Mini blanche, ou avant qu'il n'ait écrasé mon petit chat.

La boule de poil noir s'est collée à ma poitrine ; j'aurais voulu que la petite chatte soit à moi, et je savais qu'elle ne l'était pas. La pluie était redevenue du crachin.

Nous avons pataugé à travers de profondes flaques, Lettie dans ses bottes en caoutchouc, moi avec mes pieds nus qui me démangeaient.

Il y avait une forte odeur de fumier dans l'air quand nous avons atteint la cour de la ferme, et puis nous avons pris une porte sur le côté, et nous sommes entrés dans l'immense cuisine de la ferme.

IX

La mère de Lettie fouaillait l'énorme cheminée avec un tisonnier, poussant les bûches qui flambaient pour les regrouper.

La vieille Mme Hempstock touillait dans un fait-tout bulbeux sur la cuisinière avec une grande cuillère en bois. Elle a porté la cuillère à sa bouche, a soufflé dessus d'un geste théâtral, a goûté, fait la moue, puis ajouté une pincée de quelque chose et une poignée d'autre chose. Elle a baissé le feu. Ensuite, elle m'a regardé, de mes cheveux dégoulinants à mes pieds nus, qui étaient bleus de froid. Autour de moi, planté sur place, une flaque a commencé à se former sur les dalles du sol, et les gouttes d'eau tombant de ma robe de chambre ont clapoté dedans.

« Un bain chaud, a décidé la vieille Mme Hempstock. Sinon, il va attraper la mort.

— C'est ce que j'ai dit », a commenté Lettie.

La mère de Lettie s'occupait déjà à extirper une baignoire en zinc de sous la table de la cuisine, et à la remplir d'eau fumante à l'énorme marmite noire suspendue au-dessus du foyer. Des cruches d'eau froide y ont été ajoutées jusqu'à ce qu'elle déclare la température parfaite.

« Bien. Allez, entre là-dedans, a ordonné la vieille Mme Hempstock. Hop-là »

Je l'ai regardée, horrifié. Allais-je devoir me déshabiller devant des gens que je ne connaissais pas ?

« On va laver tes affaires, les sécher pour toi et repriser cette robe de chambre », a dit la mère de Lettie, et elle m'a retiré la robe de chambre et pris la petite chatte, dont je m'étais à peine aperçu que je la tenais encore, et puis elle est partie.

Aussi vite que possible, je me suis dépouillé de mon pyjama en nylon rouge – le pantalon était à tordre et les jambes, à présent trouées et déchirées, ne retrouveraient plus jamais leur condition normale. J'ai trempé mes doigts dans l'eau, et puis je suis entré dans la baignoire et je me suis assis sur son fond en fer-blanc, dans cette cuisine rassurante devant l'énorme flambée, et je me suis laissé aller en arrière dans l'eau chaude. Mes pieds ont commencé à picoter en revenant à la vie. Je savais qu'être *tout nu* n'était pas convenable, mais les Hempstock semblaient indifférentes à ma nudité : Lettie était partie, mon pyjama et ma robe de chambre avec elle ; sa mère sortait des couteaux, des fourchettes, des cuillères, des pichets grands et petits, des couteaux à découper et des tranchoirs de bois, pour les disposer sur la table.

La vieille Mme Hempstock m'a passé un mug, rempli de la soupe du fait-tout noir sur la cuisinière. « Avale-moi ça. Ça va te réchauffer par l'intérieur, pour commencer. »

La soupe était épaisse, et revigorante. Je n'avais encore jamais bu de soupe dans le bain. C'était une expérience parfaitement nouvelle. Quand j'ai eu terminé le mug, je le lui ai rendu et, en retour, elle m'a passé un gros morceau de savon blanc et un linge pour le visage, et m'a dit : « Et maintenant, vas-y, frotte. Frictionne-toi pour te ramener la vie et la chaleur dans les os. »

Elle s'est assise dans un fauteuil à bascule de l'autre côté du feu, et s'est balancée lentement, sans me regarder.

Je me sentais en sécurité. On aurait dit que l'essence de la grand-maternité s'était condensée en ce lieu unique, ce moment unique. Je n'avais pas du tout peur d'Ursula Monkton, quelle que soit sa nature, pas à ce moment-là. Pas là-bas.

La jeune Mme Hempstock a ouvert la porte d'un four, en a sorti une tarte, à la croûte lustrée, brune et luisante, et l'a déposée sur le rebord de la fenêtre pour la faire refroidir.

Je me suis séché avec une serviette qu'elles m'ont apportée, la chaleur du feu opérant autant que la serviette elle-même, puis Lettie Hempstock est revenue et m'a remis un objet blanc et volumineux, une sorte de chemise de nuit de fille, mais en coton blanc, aux manches longues et aux pans qui descendaient jusqu'au sol, et un bonnet blanc. J'ai hésité à l'enfiler, et puis j'ai compris de quoi il s'agissait : une chemise de nuit d'homme. J'en avais vu des images dans les livres. Le petit Willie Winkie galopait à travers la ville en en portant une, dans chaque recueil de comptines que j'avais jamais possédé.

Je l'ai enfilée. Le bonnet de nuit était trop grand pour moi, il me tombait sur la figure, et Lettie me l'a repris.

Le dîner a été merveilleux. Il y avait un rôti de bœuf, avec des pommes de terre sautées, croustillantes et dorées au-dehors, tendres et blanches au-dedans, des légumes au beurre que je n'ai pas reconnus, bien que je pense à présent qu'il pouvait s'agir d'orties, des carottes rôties toutes noircies et sucrées (je ne croyais pas aimer les carottes au four, aussi ai-je failli ne pas en manger, mais j'ai été brave, j'en ai essayé une, elle m'a plu, et les carottes bouillies ont été une déception pour moi durant tout le reste de mon enfance). Au dessert, il y avait la tarte, farcie de pommes, de raisins secs et de noix pilées, le tout couronné d'une épaisse crème anglaise jaune, plus onctueuse et plus épaisse que tout ce que j'avais jamais pu goûter à l'école ou chez moi.

La petite chatte a dormi sur un coussin près du feu jusqu'à la fin du repas, où elle a rejoint un chat de la maison, couleur brouillard, qui faisait quatre fois sa taille, pour un repas de restes de viande.

Pendant que nous mangions, rien n'a été dit sur ce qui m'était arrivé, ni sur le motif de ma présence ici. Ces dames Hempstock ont parlé de la ferme – il y avait la porte de la laiterie qui avait besoin d'une nouvelle couche de peinture, une vache nommée Rhiannon qui donnait l'impression de boiter de la patte arrière gauche, le sentier à débroussailler sur le trajet qui conduisait au réservoir.

« Vous êtes que toutes les trois ? ai-je demandé. Il y a pas d'hommes ?

— Des hommes ! s'est esclaffée la vieille Mme Hempstock. Je vois pas quel bougre d'utilité un homme pourrait avoir ! Y a rien qu'un homme pourrait faire dans cette ferme, et que je pourrais pas faire deux fois plus vite et cinq fois mieux.

— On a eu des hommes ici, parfois, a ajouté Lettie. Ils vont, ils viennent. Pour le moment, il y a que nous. »

Sa mère a opiné. « Pour la plupart, ils s'en sont allés à la recherche de leur destin et de la fortune, les Hempstock mâles. On peut jamais les retenir quand vient l'appel. Ils ont dans les yeux une expression lointaine, et là, on les a perdus, et pour de bon. À la première occasion qui se présente, ils partent à la ville, et même dans des grands centres, et plus rien, à part une carte postale de temps en temps, pour prouver qu'ils ont pu être ici un jour.

— Ses parents sont en route ! a coupé la vieille Mme Hempstock. Ils arrivent ici en voiture. Ils viennent tout juste de croiser l'orme de Parson. Les blaireaux les ont vus passer.

— Est-ce qu'elle est avec eux ? ai-je demandé. Ursula Monkton ?

— Oh, *elle ?* a demandé la vieille Mme Hempstock, amusée. C'te créature ? Pas elle, non. »

J'ai réfléchi un instant. « Ils vont m'obliger à rentrer avec eux, et ensuite elle va m'enfermer à clé dans le grenier et elle laissera mon papa me tuer, quand elle en aura assez. C'est elle qui l'a dit.

— Elle a bien pu te le dire, mon chou, a dit la mère de Lettie, mais elle va rien faire de tout ça, ni quoi que ce soit de ce genre, ou je m'appelle pas Ginnie Hempstock. »

Le nom de Ginnie me plaisait, mais je ne l'ai pas crue et je n'étais pas rassuré. La porte de la cuisine n'allait pas tarder à s'ouvrir et mon père crierait après moi, ou il attendrait que nous soyons en voiture, et là, il crierait, et ils me ramèneraient par le chemin jusqu'à chez moi, et je serais perdu.

« Voyons voir, a dit Ginnie Hempstock. On pourrait être absentes quand ils arriveront ici. Ils pourraient arriver mardi dernier, quand il y avait personne à la maison.

— Hors de question, a répondu la vieille femme. Jouer avec le temps sert qu'à compliquer les choses... On pourrait changer le petit en autre chose, comme ça ils le trouveraient jamais, même en cherchant partout. »

J'ai cligné des yeux. Était-ce seulement possible ? J'aurais voulu être changé en quelque chose. La petite chatte avait fini sa portion de restes (en fait, elle semblait avoir mangé davantage que le chat de la maison), et elle est venue me sauter sur les genoux pour commencer sa toilette.

Ginnie Hempstock s'est levée et elle est sortie de la pièce. Je me suis demandé où elle allait.

« On peut pas le changer en quoi que ce soit, a déclaré Lettie en finissant de débarrasser la table de la vaisselle et des couverts. Ses parents vont s'affoler. Et si la puce les contrôle, il lui suffira d'alimenter la panique. Et après, on aura la police qui viendra sonder le lac de retenue pour le retrouver. Ou pire. L'océan. »

La petite chatte s'est couchée sur mes genoux et roulée en boule, se refermant sur elle-même jusqu'à ce qu'elle ne soit plus qu'une couronne aplatie de fourrure noire duveteuse. Elle a clos ses yeux bleu vif, couleur océan, s'est endormie et a ronronné.

« Hé bien ? a riposté la vieille Mme Hempstock. Qu'est-ce que tu suggères, alors ? »

Lettie a réfléchi, avançant les lèvres, les tordant sur un côté. Sa tête s'est inclinée et j'ai eu l'impression qu'elle passait les possibilités en revue.

Puis son visage s'est illuminé. « Taille et coupe ? » a-t-elle demandé.

La vieille Mme Hempstock a eu un reniflement dédaigneux. « T'es une bonne petite. Je dis pas le contraire. Mais tailler... Bon, toi, t'en serais pas capable. Pas encore. Faudrait tailler exactement les bords, et les recoudre sans que le raccord paraisse. Et qu'est-ce que tu vas enlever ? La puce va pas te laisser la découper, elle. Elle se trouve pas dans la trame, elle. Elle est en dehors. »

Ginnie Hempstock est revenue. Elle tenait ma vieille robe de chambre. « Je l'ai passée à l'essoreuse, a-t-elle annoncé. Mais elle est encore humide. Ça va compliquer la tâche, pour aligner les bords. C'est pas bon de faire de la couture, quand c'est encore mouillé. »

Elle a posé la robe de chambre sur la table, devant la vieille Mme Hempstock. Ensuite, elle a tiré de la poche avant de son tablier une paire de ciseaux, vieux et noirs, une longue aiguille et une bobine de fil rouge.

Avelinier et fil rouge, arrêtez une sorcière dans sa course, ai-je récité. C'était quelque chose que j'avais lu dans un livre.

« Ça fonctionnerait, et ça fonctionnerait bien, a reconnu Lettie, s'il y avait des sorcières mêlées à tout ça. Mais y en a pas. »

La vieille Mme Hempstock examinait ma robe de chambre. Celle-ci était d'un marron fané, imprimé d'une sorte de motif écossais sépia. Ça avait été un cadeau des parents de mon père, mes grands-parents, plusieurs anniversaires plus tôt, en un temps où elle prenait sur moi une ampleur comique. « Probablement... a-t-elle dit comme si elle parlait toute seule, vaudrait-il mieux que ton père soit content que tu passes la nuit ici. Mais pour que ça arrive, ils doivent pas être en colère contre toi, ni même inquiets... »

Elle avait les ciseaux noirs en main et ils taillaient déjà, *coupe coupe coupe*, quand j'ai entendu qu'on frappait à la porte d'entrée, et Ginnie Hempstock s'est levée pour aller répondre. Elle est sortie dans le couloir et a refermé la porte derrière elle.

« Les laisse pas m'emmener, ai-je imploré Lettie.

— Chut, a-t-elle dit. Je travaille, là, pendant que grand-mère retaille. Endors-toi un peu, sois en paix. Heureux. »

J'étais loin d'être heureux, et pas le moins du monde somnolent. Lettie s'est penchée sur la table et m'a pris la main. « T'inquiète pas. »

Et sur ces mots, la porte s'est ouverte et mon père et ma mère étaient dans la cuisine. J'aurais voulu me cacher, mais la petite chatte s'est réarrangée sur mes genoux de façon réconfortante et Lettie m'a souri, un sourire rassurant.

« Nous sommes à la recherche de notre fils, expliquait mon père à Mme Hempstock, et nous avons des raisons de croire... » Et alors même qu'il prononçait ces mots, ma mère est venue à grands pas vers moi. « *Le voilà !* Chéri, nous étions *fous* d'inquiétude !

— Toi, tu vas avoir des problèmes, mon garçon », a déclaré mon père.

Coupe ! Coupe ! Coupe ! ont fait les ciseaux noirs, et la pièce irrégulière de tissu que découpait la vieille Mme Hempstock est tombée sur la table.

Mes parents se sont figés. Ils ont cessé de parler, cessé de bouger. Mon père avait encore la bouche ouverte, ma mère se tenait sur une jambe, aussi immobile qu'un mannequin dans la vitrine d'un magasin.

« Qu'est-ce que… qu'est-ce que vous leur avez fait ? » Je ne savais pas bien si je devais m'inquiéter ou pas.

« Ils vont bien, a expliqué Ginnie Hempstock. Un petit peu de découpage, et ensuite un point de reprise, et tout sera comme neuf. » Elle a tendu la main vers la table, en indiquant le coupon de tissu écossais fané de la robe de chambre qui y reposait. « *Ça*, c'est ton papa et toi dans le couloir, et *ça*, la baignoire. Elle l'a découpé. Et donc, sans rien de tout ça, il y a aucune raison pour que ton papa soit en colère contre toi. »

Je ne leur avais pas parlé de la baignoire. Je ne me suis pas demandé comment elle savait.

À présent, la vieille femme enfilait une aiguillée de fil rouge. Elle a poussé un soupir théâtral. « J'ai des yeux de vieille, a-t-elle dit. Des yeux de vieille. » Mais elle a léché l'extrémité du fil et l'a fait passer par le chas de l'aiguille sans difficulté apparente.

« Lettie. Va falloir que tu saches à quoi ressemble sa brosse à dents », a ajouté la vieille femme. Elle a commencé à recoudre ensemble les bords de la robe de chambre, à tout petits points soigneux.

« À quoi ressemble ta brosse à dents ? m'a demandé Lettie. Vite.

— Elle est verte, ai-je répondu. Vert vif. Un genre de vert pomme. Pas très grande. C'est juste une brosse à dents verte, à ma taille. » Je ne la décrivais pas très bien, j'en avais conscience. Je me la suis représentée dans ma tête, essayant de trouver autre chose à ajouter à la description, pour la distinguer de toutes les autres brosses à dents. Rien à faire.

Je l'ai imaginée, je l'ai vue dans ma tête, avec les autres brosses à dents dans son godet rouge à pois blancs au-dessus du lavabo de la salle de bains.

« J'ai vu ! a dit Lettie. Bien joué.

— Moi, j'ai pratiquement fini », a prévenu la vieille Mme Hempstock.

Ginnie a eu un sourire immense, et il a illuminé son visage rond et rouge. La vieille Mme Hempstock a repris les ciseaux, tranché une dernière fois, et un fragment de fil rouge est tombé sur le dessus de la table.

Le pied de ma mère s'est posé. Elle a fait encore un pas et puis s'est arrêtée.

« Hum... a dit mon père.

— ... Et not' Lettie était bien contente que vot' petit garçon vienne ici passer la nuit, a dit Ginnie. On vit un peu à l'ancienne, ici, je le crains. »

La vieille femme a ajouté : « On a des cabinets au-d'dans, maint'nant. Je vois pas comment on pourrait être plus moderne. Les cabinets dehors et les pots de chambre, ça suffisait bien, de mon temps.

— Il a mangé un bon repas, m'a dit Ginnie. N'est-ce pas ?

— Il y avait de la tarte, ai-je annoncé à mes parents. En dessert. »

Mon père avait le front plissé. Il paraissait troublé. Puis il a plongé la main dans la poche de son manteau et en a tiré un objet long et vert, enveloppé dans du papier toilette au sommet. « Tu as oublié ta brosse à dents, a-t-il dit. Je me suis dit que tu en aurais besoin.

— Remarquez, s'il veut rentrer à la maison, il peut, disait ma mère à Ginnie Hempstock. Il est allé passer la nuit chez les Kovaks, il y a quelques

140

mois et, à neuf heures, il nous a appelés pour qu'on vienne le chercher. »

Christopher Kovaks avait deux ans et une tête de plus que moi, et il vivait avec sa mère dans un grand cottage face à l'entrée de notre allée, près du vieux château d'eau vert. Sa mère était divorcée. Je l'aimais bien. Elle était drôle, et elle conduisait une Coccinelle Volkswagen, la toute première que j'aie vue. Christopher possédait beaucoup de livres que je n'avais pas lus, et était membre du club Puffin[1]. J'avais le droit de lire ses Puffins, mais seulement si j'allais chez lui. Il refusait toujours que je les emprunte.

Il y avait un lit superposé dans la chambre de Christopher, bien qu'il soit fils unique. On m'a attribué la couchette du dessous, la nuit que j'ai passée là-bas. Une fois que j'ai été au lit, que la mère de Christopher Kovaks nous a souhaité bonne nuit et qu'elle a éteint la lumière de la chambre et refermé la porte, il s'est penché de son lit et a commencé à m'arroser avec un pistolet à eau qu'il avait caché sous son oreiller. Je n'avais pas su comment réagir.

« C'est pas comme la fois où je suis allé chez Christopher Kovaks », ai-je assuré à ma mère, embarrassé. « Je me plais bien ici.

— Mais qu'est-ce que tu portes ? » Elle a considéré d'un œil perplexe ma chemise de nuit à la Willie Winkie.

« Il a eu un petit accident, a expliqué Ginnie. Il porte ça, le temps que son pyjama soit sec.

— Oh. Je vois, a dit ma mère. Hé bien, bonne nuit, mon chéri. Amuse-toi bien avec ta nouvelle

---

1. Collection de livres pour enfants de l'éditeur Penguin. (NdT)

amie. » Elle a inspecté Lettie. « Tu t'appelles comment déjà, ma petite ?

— Lettie.

— C'est le diminutif de Laetitia ? a demandé ma mère. J'ai connu une Laetitia, quand j'étais en faculté. Bien entendu, tout le monde l'appelait Laitue. »

Lettie s'est contentée de sourire, sans rien dire du tout.

Mon père a déposé la brosse à dents sur la table devant moi. J'ai défait le papier toilette qui entourait la tête. C'était, sans erreur possible, ma brosse à dents verte. Sous son manteau, mon père portait une chemise blanche propre, et pas de cravate.

« Merci, ai-je dit.

— Bon, a dit ma mère. À quelle heure devons-nous passer le prendre demain matin ? »

Le sourire de Ginnie s'est encore élargi. « Oh, Lettie vous le ramènera. On devrait leur laisser le temps de jouer, demain matin. Mais, avant que vous partiez, j'ai préparé des scones, cet après-midi... »

Et elle a glissé quelques scones dans un sac en papier, que ma mère a pris poliment, et Ginnie les a reconduits à la porte, mon père et elle. J'ai retenu ma respiration jusqu'à ce que j'entende le bruit de la Rover s'éloigner en suivant l'allée.

« Qu'est-ce que vous leur avez fait ? » ai-je demandé. Et puis : « C'est vraiment ma brosse à dents ?

— Et voilà », a déclaré la vieille Mme Hempstock avec de la satisfaction dans la voix, « un très respectable travail de découpe et de ravaudage, si vous voulez mon avis. » Elle a brandi ma robe de chambre : je n'ai pas repéré l'endroit d'où elle avait retiré une pièce, ni celui qu'elle avait recousu. Le travail était sans aucun point, la réparation invisible. Elle m'a tendu la chute de tissu sur la table, celle qu'elle avait retirée. « Voilà ta soirée, a-t-elle dit. Tu peux la garder, si tu veux. Mais moi, à ta place, je la brûlerais. »

La pluie tapotait contre les carreaux, et le vent secouait la fenêtre dans son encadrement.

J'ai ramassé le bout de tissu aux bords déchiquetés. Il était humide. Je me suis levé, réveillant la petite chatte, qui a bondi de mes genoux et disparu dans les ombres. Je suis allé jusqu'à l'âtre.

« Si je brûle ça, leur ai-je demandé, est-ce que ça se sera vraiment passé ? Est-ce que mon papa m'aura poussé dans la baignoire ? Est-ce que je vais oublier que c'est arrivé ? »

Ginnie Hempstock ne souriait plus. Elle avait l'air inquiète, à présent. « Qu'est-ce que tu préfères, toi ? a-t-elle voulu savoir.

— Je *veux* me souvenir, ai-je dit. Parce que ça m'est arrivé. Et que je suis toujours moi-même. » J'ai jeté le petit coupon de tissu au feu.

Il y a eu un crépitement et le tissu a fumé, puis s'est mis à flamber.

J'étais sous l'eau. Je me retenais à la cravate de mon père. J'ai cru qu'il allait me tuer...

J'ai hurlé.

J'étais couché sur le sol dallé de la cuisine des Hempstock et je me roulais par terre en hurlant. J'avais l'impression d'avoir posé mon pied nu sur un charbon ardent. La douleur était intense. Il y avait une autre douleur, aussi, dans les profondeurs de ma poitrine, plus lointaine, pas aussi vive : un inconfort, pas une brûlure.

Ginnie était auprès de moi. « Qu'est-ce qui va pas ?

— Mon pied. Il me brûle. Ça fait très mal. »

Elle l'a examiné, puis s'est léché le doigt, l'a posé contre le trou dans ma plante de pied, d'où j'avais extrait le ver, deux jours plus tôt. Il y a eu un chuintement, et la douleur à mon pied a commencé à s'alléger.

« J'en avais encore jamais vu un comme ça, a déclaré Ginnie Hempstock. Comment tu t'es fait ça ?

— J'avais un ver en moi, lui ai-je dit. C'est comme ça qu'elle est venue avec nous de l'endroit au ciel orange. Dans mon pied. » Et ensuite, j'ai regardé Lettie qui s'était accroupie à côté de moi et me tenait la main, à présent, et j'ai dit : « C'est moi qui l'ai ramenée. C'était ma faute. Pardon. »

La vieille Mme Hempstock a été la dernière à venir près de moi. Elle s'est penchée, a levé la plante de mon pied jusqu'à la lumière. « Saleté, a-t-elle dit. Et très astucieux. Elle a laissé le trou en toi pour pouvoir le réutiliser. Elle aurait pu se cacher en toi, au besoin, se servir de toi comme porte pour rentrer chez elle. Pas étonnant qu'elle ait voulu te garder au grenier. Bien. On va se battre tant qu' le fer est chaud, comme disait le soldat en entrant chez la blanchisseuse. » Du doigt, elle a tâté le trou dans mon pied. Il faisait encore mal, mais la douleur s'était estompée, un petit peu. À présent, j'avais l'impression d'avoir une grosse migraine dans le pied.

Quelque chose a palpité dans ma poitrine, comme un minuscule papillon de nuit, et puis s'est immobilisé.

La vieille Mme Hempstock m'a dit : « Tu vas pouvoir être courageux ? »

Je n'en savais rien. Je pensais que non. Il me semblait que toutes mes actions jusqu'ici, cette nuit-là, s'étaient cantonnées à fuir les choses. La vieille femme tenait l'aiguille qu'elle avait utilisée pour recoudre ma robe de chambre, et elle l'a saisie à ce moment-là, pas comme si elle voulait repriser quoi que ce soit, mais comme si elle avait l'intention de me poignarder.

J'ai retiré mon pied. « Qu'est-ce que vous allez faire ? »

Lettie m'a pressé la main. « Elle va faire partir le trou, a-t-elle expliqué. Je vais te tenir la main. T'es pas obligé de regarder, si tu veux pas.

— Ça va faire mal.

— Balivernes », a dit la vieille femme. Elle a tiré mon pied vers elle, de façon à avoir la plante bien en face, et elle a plongé l'aiguille... pas dans mon pied, me suis-je aperçu, mais dans le trou lui-même.

Ça n'a pas fait mal.

Ensuite, elle a tourné l'aiguille et l'a ramenée vers elle. J'ai regardé, stupéfait, tandis que quelque chose de luisant – ça paraissait noir, tout d'abord, puis translucide, et enfin réfléchissant comme du mercure – était extrait de ma plante de pied, à la pointe de l'aiguille.

Je sentais la créature quitter ma jambe – cette impression a semblé circuler partout en moi, remontant ma jambe, passant par mon aine et mon ventre jusqu'à ma poitrine. Avec soulagement, je l'ai sentie me quitter : la perception d'une brûlure a diminué, de même que ma terreur.

Mon cœur battait étrangement.

J'ai observé la vieille Mme Hempstock haler la créature, et j'étais encore incapable, je ne sais pourquoi, d'appréhender ce que je voyais. C'était un trou, sans rien autour, long de plus de soixante centimètres, plus fin qu'un ver de terre, comme la mue abandonnée d'un serpent translucide.

Puis elle a arrêté de mouliner. « Il veut pas sortir. Il se cramponne. »

Il y avait du froid dans mon cœur, comme si un éclat de glace s'y était logé. La vieille femme a donné un coup de poignet expert, et voilà que la chose luisante pendait à son aiguille (je me suis surpris à ne plus penser à du mercure, mais à la traînée de bave argentée que les escargots laissent dans les jardins), et elle n'était plus logée dans ma plante de pied.

La vieille Mme Hempstock m'a lâché le pied et je l'ai ramené à moi. Le petit trou rond avait complètement disparu, comme s'il n'avait jamais été là.

La vieille Mme Hempstock a ricané gaiement. « Ah, elle se croit futée, en laissant son chemin de retour à l'intérieur du petit. Futé, ça ? Je trouve pas, moi. Je donnerais pas deux sous de toute cette racaille. »

Ginnie Hempstock a présenté un pot de confiture vide, et la vieille femme y a fait entrer l'extrémité inférieure pendante de la créature, puis elle a levé le pot pour la contenir. Pour finir, elle a fait glisser de l'aiguille la piste invisible et luisante, et elle a remis le couvercle sur le pot, avec un mouvement décidé de son poignet osseux.

« Ha ! » s'est-elle exclamée. Puis elle a répété : « Ha ! »

« Je peux la voir ? » a demandé Lettie. Elle a pris le pot de confiture, l'a porté à la lumière. À l'intérieur, la chose avait commencé à se dérouler paresseusement. Elle semblait flotter, comme si le pot était plein d'eau. Elle changeait de couleur en captant la lumière sous divers angles, tantôt noire, tantôt argentée.

Une expérience que j'avais trouvée dans un livre d'activités à la portée des petits garçons, et que j'avais, bien sûr, réalisée : si on prend un œuf, qu'on le noircisse complètement de suie à la flamme d'une bougie, et qu'on le place ensuite dans un récipient transparent rempli d'eau salée, il va rester suspendu à mi-hauteur dans l'eau et paraître argenté : un argent bien particulier, artificiel, dû à un simple jeu de lumière. J'ai repensé à cet œuf, à ce moment-là.

Lettie semblait fascinée. « Tu as raison. Elle a laissé en lui son passage de retour. Pas étonnant qu'elle veuille pas qu'il se sauve.

— Pardon de t'avoir lâché la main, Lettie, ai-je dit.

— Allons, tais-toi. Les excuses arrivent toujours trop tard, mais je te remercie de l'intention. Et la prochaine fois, tu me tiendras bien la main, quoi qu'elle puisse nous jeter dessus. »

J'ai hoché la tête. L'éclat de glace dans mon cœur a alors semblé se réchauffer et fondre, et j'ai commencé à me sentir de nouveau entier, en sécurité.

« Bien, a dit Ginnie. Nous avons son passage de retour. Et nous avons mis le petit en sécurité. Voilà une bonne nuit d'ouvrage, ou je m'y connais pas.

— Mais elle tient les parents du petit, a dit la vieille Mme Hempstock. Et sa sœur. Et on peut pas la laisser en liberté. Tu te souviens, ce qui s'est passé au temps de Cromwell ? Et avant ça ? Quand Rufus le Roux courait partout ? Les puces attirent les vermines. » Elle a énoncé cela comme si c'était une loi de la nature.

« Ça pourra attendre demain, a répondu Ginnie. À présent, Lettie, prends le petit et trouve-lui une chambre pour dormir. Il a eu une longue journée. »

Le chaton noir était blotti sur le fauteuil à bascule à côté de l'âtre. « Je peux prendre le petit chat avec moi ?

— Si tu le fais pas, a dit Lettie, c'est elle qui va venir te retrouver. »

Ginnie a sorti deux bougeoirs, du genre qui est muni de grosses poignées rondes, chacun avec une masse amorphe de cire blanche. Elle a allumé une baguette de bois au feu de la cuisine, puis a transféré la flamme de la baguette à la mèche d'une chandelle, puis à celle de l'autre. Elle m'a tendu un des bougeoirs, et le second à Lettie.

« Vous avez pas l'électricité ? » ai-je demandé. Il y avait un éclairage électrique dans la cuisine, de grosses ampoules à l'ancienne, pendues au plafond, avec leurs filaments incandescents.

« Pas dans cette partie-là de la maison, a expliqué Lettie. La cuisine est neuve. Plus ou moins. Mets ta main devant la chandelle en marchant, pour pas qu'elle s'éteigne. »

Elle a placé sa propre main en coupe autour de la flamme en disant cela ; je l'ai imitée, et j'ai marché derrière elle. Le petit chat noir nous a suivis hors de la cuisine, par une porte de bois peinte en blanc, pour descendre une marche et entrer dans le corps de la ferme.

Il faisait sombre, et nos bougies projetaient des ombres immenses, aussi m'a-t-il semblé, tandis que nous marchions, que tout se mouvait, poussé et déformé par les ombres, l'horloge, les animaux et oiseaux empaillés (étaient-ils empaillés, seulement ? Je me suis posé la question. Ce grand-duc a-t-il bougé, ou était-ce juste la flamme de la bougie en vacillant qui m'a fait croire qu'il avait tourné la tête à notre passage ?), la table de la salle, les chaises. Tout cela remuait à la lueur des bougies, et tout cela demeurait parfaitement immobile. Nous avons grimpé un escalier, puis quelques marches, et nous sommes passés devant une croisée ouverte.

Le clair de lune se déversait sur les marches, plus lumineux que la flamme de nos chandelles. J'ai levé les yeux pour regarder par la fenêtre et j'ai vu la pleine lune. Le ciel sans nuages était éclaboussé d'étoiles au-delà de tout décompte.

« C'est la lune, ai-je commenté.

— Mémé l'aime bien comme ça, a répondu Lettie Hempstock.

— Mais elle était en croissant, hier. Et à présent, elle est pleine. Et puis il pleuvait. Il pleut encore. Mais là, il pleut plus.

— Mémé aime toujours que la pleine lune brille sur ce côté de la maison. Elle dit que ça la repose, et que ça lui rappelle le temps où elle était jeune fille. Et puis, comme ça, on trébuche pas sur les marches. »

La petite chatte nous suivait en gravissant l'escalier par une série de bonds. Ça m'a fait sourire.

Au sommet de la maison se trouvaient la chambre de Lettie et une autre à côté, et c'est dans cette pièce-ci que nous sommes entrés. Un feu flambait dans la cheminée, illuminant la pièce d'orange et de jaune. La pièce était chaude et accueillante. Le lit possédait une colonne à chaque coin, et ses propres rideaux. J'avais vu ce genre de meuble dans les dessins animés, mais jamais dans la vie réelle.

« Des affaires sont déjà préparées pour t'habiller demain matin, m'a dit Lettie. Je dors dans la chambre voisine si tu as besoin de moi – appelle ou frappe s'il te manque quoi que ce soit, et je viendrai. Mémé te fait dire d'utiliser les cabinets à l'intérieur, mais, à travers la maison, c'est loin, et tu pourrais te perdre ; alors, si tu as besoin, il y a un pot de chambre sous le lit, comme il y en a toujours eu. »

J'ai soufflé ma chandelle, ce qui a laissé la pièce éclairée par le feu dans l'âtre, j'ai écarté les rideaux et je suis monté dans le lit.

La chambre était chaude, mais les draps froids, lorsque je me suis glissé entre eux. Le lit a frémi quand quelque chose a atterri sur lui, et puis de petites pattes se sont approchées sur les couvertures, et une présence chaude et poilue s'est frottée contre mon visage et la petite chatte s'est mise, doucement, à ronronner.

Il y avait toujours un monstre chez moi et, dans un fragment de temps qui avait, peut-être, été découpé de la réalité, mon père m'avait poussé dans l'eau de la baignoire et avait, peut-être, essayé de me noyer. J'avais couru des kilomètres dans le noir. J'avais vu mon père embrasser et toucher la créature qui se faisait appeler Ursula Monkton. La crainte n'avait pas quitté mon âme.

Mais il y avait un chaton sur mon oreiller, il ronronnait contre mon visage et vibrait doucement à chaque ronron et, très vite, j'ai dormi.

X

J'ai fait d'étranges rêves dans cette maison, cette nuit-là. Je me suis réveillé dans le noir, et je savais seulement qu'un rêve m'avait tellement effrayé que je devais me réveiller ou mourir ; pourtant, malgré tous mes efforts, impossible de me souvenir de ce que j'avais rêvé. Ce rêve me hantait : dressé derrière moi, présent et pourtant invisible, comme ma propre nuque, simultanément proche et absente.

Mon père me manquait, ma mère me manquait, mon lit chez moi, à deux kilomètres de distance à peine, me manquait. Hier me manquait, avant Ursula Monkton, avant la colère de mon père, avant la baignoire. Je voulais retrouver cette journée d'hier, et je le voulais si fort.

J'ai essayé d'attirer le rêve qui m'avait tant bouleversé au premier plan de mes pensées, mais il refusait de venir. Il y avait de la trahison, dedans, je le savais, et du deuil, et le temps. Ce rêve me faisait appréhender de me rendormir : la cheminée était presque obscure, désormais, avec le seul rougeoiement sombre des braises dans l'âtre pour signaler qu'il avait naguère pu flamber, naguère dispenser de la lumière.

Je suis descendu du lit à baldaquin, et j'ai cherché dessous à tâtons jusqu'à ce que je trouve le lourd pot de chambre en porcelaine. J'ai relevé ma chemise de nuit et j'en ai fait usage. Ensuite, je suis allé à la fenêtre et j'ai regardé au-dehors. La lune était encore pleine, mais à présent, elle était bas dans le ciel, et d'un orange profond : ce que ma mère appelait une lune des moissons. Mais on moissonne en automne, je le savais, pas au printemps.

Dans ce clair de lune orange, je voyais une vieille femme – j'étais presque certain que c'était la vieille Mme Hempstock, bien qu'il soit difficile de discerner son visage correctement – qui allait et venait. Elle avait un long gros bâton sur lequel elle s'appuyait en marchant, comme un bourdon. Elle m'a rappelé les soldats en train de parader que j'avais vus lors d'une excursion à Londres, devant Buckingham Palace, pendant qu'ils défilaient en avançant et en reculant.

Je l'ai observée et j'en ai ressenti du réconfort.

Dans le noir, j'ai regrimpé dans mon lit, j'ai posé ma tête sur l'oreiller vide et j'ai songé : *jamais je ne vais pouvoir me rendormir, plus maintenant*, et puis j'ai ouvert les yeux, et j'ai vu que c'était le matin.

Il y avait des vêtements comme je n'avais jamais vus sur une chaise près du lit. Il y avait deux cruches en porcelaine – une d'eau chaude et fumante, l'autre d'eau froide, à côté d'une petite jatte en porcelaine blanche dont j'ai compris que c'était une cuvette de lavabo, insérée dans une petite table de bois. Le chaton noir pelucheux était revenu au pied du lit. Il a ouvert les yeux quand je me suis levé : ils étaient d'un bleu-vert soutenu, incongru et étrange, comme la mer en été, et il a poussé un miaulement aigu en forme d'interrogation. Je l'ai caressé, et puis je suis descendu du lit.

J'ai mélangé l'eau chaude et l'eau froide dans la cuvette, je me suis débarbouillé la figure et les mains. Je me suis lavé les dents avec l'eau froide. Il n'y avait pas de dentifrice, mais une petite boîte ronde en fer-blanc sur laquelle était inscrit en caractères vieillots *Poudre Dentifrice Max Melton, Excellence & Efficacité*. J'ai placé un peu de poudre blanche sur ma brosse à dents verte, et je me suis lavé les dents avec. Elle avait un goût de menthe et de citron, dans ma bouche.

J'ai examiné les vêtements qu'on m'avait laissés. Ils ne ressemblaient à rien de ce que j'avais jamais porté avant. Il n'y avait aucun sous-vêtement. Il y avait une chemise de dessous blanche, sans boutons, mais avec un long pan à l'arrière. Il y avait un pantalon brun qui s'arrêtait aux genoux, une paire de longs bas blancs et un veston de couleur marron avec un V taillé dans le dos, en queue d'hirondelle. Les chaussettes brun clair ressemblaient davantage à des bas. J'ai enfilé cette tenue de mon mieux, en regrettant l'absence de fermeture éclair ou de fermoir, à la place des crochets, des boutons et de leurs boutonnières raides et inflexibles.

Les chaussures portaient des boucles d'argent sur l'empeigne, mais elles étaient trop grandes pour m'aller, aussi suis-je sorti de la chambre en pieds de chaussettes, et le chaton m'a suivi.

Pour atteindre ma chambre la veille au soir, j'étais monté à l'étage et, en haut des marches, j'avais tourné à gauche. J'ai donc tourné à droite, je suis passé devant la chambre de Lettie (la porte était entrebâillée et la pièce était vide) et je me suis dirigé vers l'escalier. Mais il ne se trouvait pas à l'endroit dont je me souvenais. Le couloir s'achevait sur un mur nu, et une fenêtre qui dominait des bois et des champs.

Le petit chat noir aux yeux bleu-vert a miaulé, bruyamment, comme pour attirer mon attention, et il a repris le couloir avec une démarche pleine de suffisance, la queue dressée. Il m'a conduit le long du corridor, puis a tourné et emprunté un passage que je n'avais jamais vu, jusqu'à un escalier. Le chaton l'a descendu en bondissant de marche en marche d'un air aimable, et je l'ai suivi.

Ginnie Hempstock se tenait au pied de l'escalier. « T'as bien dormi, et longtemps, a-t-elle dit. On a déjà trait les vaches. Ton petit déjeuner est sur la table, et il y a une soucoupe de crème près de la cheminée pour ton amie.

— Où est Lettie, Madame Hempstock ?

— Partie faire une course, chercher des affaires dont elle aura peut-être besoin. Il faut qu'elle parte, la créature qui est chez toi, sinon il y aura du grabuge, et ça ira en empirant. Lettie l'a déjà entravée une fois, et la créature a échappé aux barrières, alors Lettie va devoir la renvoyer chez elle.

— Je veux juste qu'Ursula Monkton s'en aille, ai-je dit. Je la déteste. »

Ginnie Hempstock a tendu un doigt, l'a passé en travers de mon gilet. « C'est pas une tenue qui se porte encore dans la région, de nos jours, a-t-elle commenté. Mais ma maman a jeté un petit charme dessus, donc aucun risque que quelqu'un s'en aperçoive. Tu peux te promener là-dedans tant que tu voudras, et pas une âme y verra la moindre bizarrerie. Pas de chaussures ?

— Elles m'allaient pas.

— Je vais laisser quelque chose à ta taille à la porte de derrière, en ce cas.

— Merci.

— Je la déteste pas, a-t-elle ajouté. Elle fait ce qu'elle fait, en accord avec sa nature. Elle dormait, elle s'est réveillée, elle essaie de donner à tout le monde ce qu'ils veulent.

— Elle m'a rien donné que je voudrais. Elle a dit qu'elle voulait m'enfermer au grenier.

— Ça se peut bien. T'as été son passage vers ici, et c'est dangereux, d'être une porte. » De l'index, elle m'a tapoté la poitrine, au-dessus du cœur. « Et elle était mieux où elle se trouvait. On l'aurait renvoyée chez elle en toute sécurité… on a fait ça des dizaines de fois, pour d'autres de son espèce. Mais c'est une cabocharde, celle-là. On peut rien leur apprendre. Bien. Ton petit déjeuner est sur la table. Je serai dans le champ du fond, si on a besoin de moi. »

Il y avait un bol de porridge sur la table de la cuisine et, à côté, une soucoupe, contenant un fragment de rayon de miel doré, et un pichet de crème jaune et onctueuse.

J'ai pris à la cuillère une part du rayon de miel et je l'ai mélangée à l'épais porridge, et j'ai ensuite versé la crème.

Il y avait aussi du pain grillé, cuit sous le gril comme le préparait mon père, avec de la confiture de mûres maison. Il y avait la meilleure tasse de thé que j'aie jamais bue. Près de la cheminée, la petite chatte lapait une soucoupe de lait crémeux, et ronronnait si fort que je l'entendais de l'autre bout de la pièce.

J'aurais voulu savoir ronronner aussi. À cet instant-là, j'aurais ronronné.

Lettie est entrée, portant un cabas, de ce modèle démodé qu'on ne voit plus jamais de nos jours : les vieilles dames en prenaient pour aller faire leurs courses, de grands sacs en vannerie, presque des paniers, en raphia tressé au-dehors, doublé de tissu, avec des poignées en corde. Ce cabas-ci était presque plein. Lettie avait une égratignure à la joue et elle avait saigné, bien que le sang ait séché. Elle ne semblait pas ravie.

« Bonjour, lui ai-je dit.

— Hé ben, a-t-elle répondu. Laisse-moi te le dire, au cas où tu irais te figurer que je me suis amusée : c'était pas amusant, mais alors, pas du tout. Les mandragores font un tintouin infernal quand on les déterre et j'avais pas pris de bouchons pour les oreilles, et une fois que je l'ai eue, j'ai dû aller l'échanger contre une bouteille d'ombres, une des vieilles, avec plein d'ombres dissoutes dans du vinaigre... » Elle s'est beurré une tranche de pain grillé, puis a écrasé dessus un bout de rayon de miel doré et s'est mise à mastiquer. « Et tout ça, c'était rien que pour arriver au bazar, et ils devraient même pas être déjà ouverts. Mais j'ai trouvé là-bas à peu près tout ce dont j'avais besoin.

— Je peux voir ?

— Si tu veux. »

J'ai regardé dans le cabas. Il était rempli de jouets cassés : des yeux, des têtes et des mains de poupées, des voitures sans roues, des billes œil-de-chat ébréchées. Lettie a levé la main et pris le pot de confiture sur le rebord de la fenêtre. À l'intérieur, le trou de ver translucide argenté remuait, se tortillait et décrivait cercles et spirales. Lettie a laissé choir le pot dans le cabas, avec les jouets cassés. Le petit chat dormait et nous ignorait complètement.

Lettie a dit : « T'es pas obligé de m'accompagner, cette fois-ci. Tu peux rester ici pendant que je vais lui parler. »

J'y ai réfléchi. « Je me sentirais plus en sécurité avec toi », lui ai-je dit.

Elle n'en a pas paru enchantée. « Allons jusqu'à l'océan », a-t-elle dit. Le chaton a ouvert ses yeux trop vert et bleu et nous a regardés partir d'un air indifférent.

Il y avait une paire de bottes en cuir noir, comme des bottes de cavalier, qui m'attendaient près de la porte de derrière. Elles paraissaient anciennes, mais bien entretenues, et étaient juste à ma taille. Je les ai mises, bien que je me sois senti plus à mon aise en sandales. Ensemble, Lettie et moi, nous sommes allés jusqu'à son océan, c'est-à-dire à la mare.

Nous nous sommes assis sur le vieux banc, et avons contemplé la surface brune et placide de la mare, les nénuphars et l'écume de lentilles d'eau au bord de l'étang.

« Vous êtes pas des gens, les Hempstock, ai-je déclaré.

— Si, d'abord. »

J'ai secoué la tête. « Je parie que vous ressemblez même pas vraiment à ça. Pas en réalité. »

Lettie a haussé les épaules. « Personne ressemble vraiment à ce qu'il est réellement à l'intérieur. Ni toi. Ni moi. Les gens sont beaucoup plus compliqués que ça. C'est vrai pour tout le monde.

— Est-ce que t'es un monstre ? Comme Ursula Monkton ? »

Lettie a jeté un caillou dans la mare. « Je crois pas. Il y a des monstres de toutes les formes et de toutes les tailles. Certains sont des créatures dont les gens ont peur. D'autres sont des créatures qui ressemblent à des choses qui faisaient peur aux gens il y a très longtemps. Parfois, les monstres sont des choses dont les gens devraient avoir peur, mais ils en ont pas peur.

— Les gens devraient avoir peur d'Ursula Monkton.

— Ça s' peut. De quoi crois-tu qu'a peur Ursula Monkton ?

— Chsais pas. Pourquoi tu crois qu'elle a peur de quelque chose ? C'est une adulte, non ? Les adultes et les monstres ont peur de rien.

— Oh, si, les monstres ont peur. C'est pour ça que ce sont des monstres. Quant aux adultes... » Elle a arrêté de parler, a frotté du doigt son nez taché de son. Puis : « Je vais te confier quelque chose d'important. Les adultes non plus, ils ressemblent pas à des adultes, à l'intérieur. Vus de dehors, ils sont grands, ils se fichent de tout et ils savent toujours ce qu'ils font. Au-dedans, ils ressemblent à ce qu'ils ont toujours été. À ce qu'ils étaient lorsqu'ils avaient ton âge. La vérité, c'est que les adultes existent pas. Y en a pas un seul, dans tout le monde entier. » Elle a réfléchi un moment. Puis elle a souri. « À part Mémé, bien sûr. »

Nous sommes restés assis là, côte à côte, sur le vieux banc de bois, sans rien dire. Je pensais aux adultes. Je me suis demandé si c'était vrai : si en réalité c'étaient tous des enfants enveloppés dans des corps d'adultes, comme les livres pour enfants cachés au milieu de longs bouquins ennuyeux pour adultes, du genre qui ne contient ni illustrations ni dialogues.

« J'adore mon océan », a dit Lettie et j'ai compris que notre moment au bord de la mare était terminé.

« Mais c'est juste pour faire semblant », lui ai-je dit, avec l'impression de trahir l'enfance en l'avouant. « Ta mare. C'est pas un océan. C'est pas possible. Un océan, c'est plus grand qu'une mer. Ta mare, c'est juste une mare.

— Elle est aussi grande qu'elle en a besoin », a rétorqué Lettie, piquée au vif. Elle a poussé un soupir. « On ferait mieux de s'occuper de renvoyer Ursula Machin à l'endroit d'où elle vient. » Puis, elle a ajouté : « Mais je sais de quoi elle a peur. Et tu sais quoi ? Moi aussi, j'en ai peur. »

La petite chatte n'était plus visible nulle part quand nous sommes revenus dans la cuisine, bien que le matou couleur de brouillard siège sur un rebord de fenêtre, en train de contempler le monde. La vaisselle du petit déjeuner avait été lavée et rangée, et mon pyjama rouge et ma robe de chambre, pliés avec soin, m'attendaient sur la table, dans un grand sac en papier brun, en compagnie de ma brosse à dents verte.

« Tu la laisseras pas m'attraper, hein ? » ai-je demandé à Lettie.

Elle a secoué la tête, et ensemble nous avons remonté le chemin sinueux plein de silex qui menait chez moi et à la créature qui s'appelait Ursula Monkton. Je tenais le sac en papier brun avec mes vêtements de nuit à l'intérieur, et Lettie portait son cabas en raphia, trop grand pour elle, chargé des jouets cassés qu'elle avait obtenus en échange d'une mandragore qui hurlait et d'ombres dissoutes dans du vinaigre.

Les enfants, ainsi que je l'ai dit, ont recours à des voies secondaires et aux sentiers cachés, tandis que les adultes suivent des routes et les itinéraires officiels. Nous avons quitté la route, pris un raccourci connu de Lettie qui nous a menés à travers champs, puis conduits dans les vastes jardins abandonnés de la maison décrépite d'un riche propriétaire, avant de regagner le chemin. Nous avons émergé juste en face de l'endroit où j'avais enjambé la barrière métallique.

Lettie a humé l'atmosphère. « Pas encore de vermines, a-t-elle jugé. Tant mieux.

— Mais c'est *quoi*, les vermines ?

— Tu le sauras quand tu les verras, s'est-elle contentée de dire. Et j'espère bien que t'en verras jamais.

— On va entrer en cachette ?

— Pourquoi veux-tu qu'on se cache ? On va remonter l'allée et passer par la porte d'entrée, comme des gens de qualité. »

Nous avons emprunté l'allée. J'ai demandé : « Tu vas préparer un sortilège et la chasser ?

— On fait pas de sortilèges », a-t-elle répondu. Elle a paru un peu déçue de l'avouer. « Parfois, on suit des recettes. Mais pas de sortilèges ou d'enchantements. Mémé désapprouve tout ça. Elle trouve que c'est *vulgaire*.

— Alors, c'est pour quoi faire, les trucs dans le cabas ?

— C'est pour empêcher les créatures de voyager quand on veut pas qu'elles le fassent. Pour délimiter des barrières. »

Au soleil matinal, ma maison paraissait si accueillante et si amicale, avec ses chaleureuses briques rouges et son toit de tuiles rouges. Lettie a plongé la main dans le cabas. Elle y a pris une bille, l'a enfoncée dans le sol encore humide. Puis, au lieu d'entrer dans la maison, elle a obliqué vers la gauche, en longeant la bordure de la propriété. Près du carré de potager de M. Wollery, nous nous sommes arrêtés et elle a retiré autre chose de son cabas : un buste de poupée, rose, sans tête ni jambes, aux mains sévèrement mâchouillées. Elle l'a enterré à côté des plants de petits pois.

Nous avons cueilli quelques cosses de pois, pour les ouvrir et manger les pois à l'intérieur. Les petits pois étaient pour moi une énigme. Je ne comprenais pas pourquoi les adultes prenaient des choses qui avaient si bon goût quand elles étaient fraîches cueillies et crues pour les mettre en boîte de conserve et les rendre écœurantes.

Lettie a placé une girafe miniature, de ces petits jouets en plastique qu'on pouvait trouver dans un zoo pour enfants ou une Arche de Noé, à l'intérieur de la réserve à charbon, derrière un gros boulet d'anthracite. Le charbon avait une odeur d'humidité, d'obscurité et de forêts anciennes broyées.

« Ça va la faire partir, ces trucs ?

— Non.

— Alors, à quoi ça sert ?

— À l'empêcher de partir.

— Mais on *veut* qu'elle s'en aille.

— Non. On veut qu'elle rentre *chez elle.* »

Je l'ai considérée : ses cheveux courts, brun-roux, son nez retroussé, ses taches de rousseur. Elle semblait avoir trois ou quatre ans de plus que moi. Elle aurait pu en avoir trois ou quatre mille, ou mille fois plus encore. Je l'aurais suivie avec confiance jusqu'aux portes de l'Enfer, aller et retour. Mais cependant...

« J'aimerais que tu m'expliques comme il faut, ai-je dit. Tu fais tout le temps des mystères. »

Je n'avais pas peur, cependant, et je n'aurais su vous dire pourquoi je n'avais pas peur. J'avais confiance en Lettie, tout comme j'avais eu confiance en elle lorsque nous étions partis à la recherche de la créature qui claquait sous le ciel orange. Je croyais en elle, et cela signifiait qu'il ne m'arriverait rien de mal tant que je serais en sa compagnie. Je le savais comme je savais que l'herbe était verte, que les roses avaient des épines en bois pointues et que les céréales du petit déjeuner étaient sucrées.

Nous sommes entrés chez moi par la porte principale. Elle n'était pas verrouillée – sauf lorsque nous partions en vacances, je ne me souviens pas qu'on l'ait jamais fermée à clé – et nous nous sommes avancés à l'intérieur.

Ma sœur pratiquait ses gammes au piano dans la pièce en façade. Nous sommes entrés. Elle a entendu le bruit, arrêté de jouer *Chopsticks* et s'est retournée.

Elle m'a regardé avec curiosité. « Qu'est-ce qui s'est passé, hier soir ? m'a-t-elle demandé. Je croyais que t'allais avoir des histoires, mais ensuite, Papa et Maman sont revenus, et tu passais juste la nuit chez des amis. Pourquoi est-ce qu'ils ont raconté que tu dormais chez ton ami ? T'as pas d'amis. » C'est alors qu'elle a remarqué Lettie Hempstock. « Et qui c'est, elle ?

— Mon amie, ai-je répondu. Où il est, l'horrible monstre ?

— L'appelle pas comme ça. Elle est *gentille*. Elle fait une petite sieste. »

Ma sœur n'a émis aucun commentaire sur ma tenue insolite.

Lettie Hempstock a sorti de son cabas un xylophone cassé et l'a laissé choir sur l'éboulis de jouets qui s'était répandu entre le piano et le coffre à jouets bleu avec son couvercle disloqué.

« Voilà, a-t-elle conclu. Maintenant, il est temps d'aller dire bonjour. »

Premiers vagues frémissements de peur dans ma poitrine et dans ma tête. « Monter dans sa chambre, tu veux dire ?

— Ouaip.

— Qu'est-ce qu'elle fait là-haut ?

— Elle trafique la vie des gens, a dit Lettie. Rien que des gens d'ici, pour le moment. Elle trouve de quoi ils croient avoir besoin et elle essaie de le leur donner. Elle opère comme ça pour changer le monde en un endroit où elle sera plus heureuse. Un endroit plus confortable pour elle. Plus propre. Et elle se soucie plus tellement de leur donner de l'argent, plus maintenant. Désormais, son principal motif, c'est que les gens souffrent. »

Au fur et à mesure que nous gravissions l'escalier, Lettie plaçait un article sur chaque marche : une bille en verre transparent contenant un tortillon vert ; un de ces petits objets en métal qu'on appelle un osselet ; une perle ; une paire d'yeux de poupée bleu vif, réunis à l'arrière par du plastique blanc, afin de les faire s'ouvrir ou se fermer ;

un petit aimant en forme de fer à cheval, rouge et blanc ; un caillou noir ; un badge, du genre qu'on trouvait épinglé sur les cartes d'anniversaire, libellé *J'ai Sept Ans ;* un carnet d'allumettes ; une coccinelle en plastique avec un aimant noir dans sa base ; une voiture miniature, à moitié écrasée, aux roues disparues ; et, en tout dernier lieu, un soldat de plomb. Il lui manquait une jambe.

Nous nous trouvions au sommet de l'escalier. La porte de la chambre était close. Lettie a assuré : « Elle t'enfermera pas au grenier. » Puis, sans frapper, elle a ouvert la porte et est entrée dans cette chambre qui avait jadis été la mienne et, avec réticence, je l'ai suivie.

Ursula Monkton était étendue sur le lit, les yeux fermés. C'était la première adulte en dehors de ma mère que je voyais nue, et je lui ai jeté un coup d'œil curieux. Mais la pièce m'intéressait davantage qu'elle.

C'était mon ancienne chambre, sans l'être vraiment. Plus maintenant. Il y avait le petit lavabo jaune, juste à ma taille, et les murs étaient toujours bleu turquoise, comme au temps où la pièce m'appartenait. Mais des lambeaux de tissu pendaient désormais du plafond, des bandes déchirées d'étoffe grise, comme des pansements, certaines d'une trentaine de centimètres à peine, d'autres qui descendaient pratiquement jusqu'au sol. La fenêtre était ouverte et le vent les froissait et les poussait, si bien qu'elles ondulaient, sur un mode gris, et qu'on avait l'impression que la pièce bougeait peut-être, comme une tente ou un navire en mer.

« Faut que tu t'en ailles, à présent », a annoncé Lettie.

Ursula Monkton s'est assise sur le lit, et puis elle a ouvert les yeux, qui étaient maintenant du même gris que les pendeloques de tissu. Elle a dit, d'une voix qui semblait encore à demi assoupie : « Je me demandais ce que j'allais devoir faire pour vous attirer ici tous les deux, et regardez-moi ça : vous êtes venus.

— C'est pas toi qui nous as attirés ici, a répliqué Lettie. Nous sommes venus parce que nous le voulions. Et je suis venue te donner une dernière chance de t'en aller.

— Je n'irai nulle part », a dit Ursula Monkton, et elle a paru irritée, comme un tout petit enfant qui réclame quelque chose. « Je viens à peine d'arriver ici. J'ai une maison, à présent. J'ai des animaux apprivoisés – son père est vraiment *adorable*. Je donne du bonheur aux gens. Il n'y a rien qui soit semblable à moi dans le monde entier. Je cherchais, justement, à l'instant où vous êtes entrés. Je suis la seule qui existe. Ils ne peuvent pas se défendre. Ils ne savent pas comment faire. Donc, c'est le meilleur endroit de toute la création. »

Elle nous a souri à tous les deux, un sourire radieux. Elle était vraiment très jolie, pour une adulte, mais quand vous avez sept ans, la beauté est une abstraction, pas un impératif. Je me demande ce que j'aurais fait, si elle m'avait souri comme ça de nos jours : si je lui aurais livré mon esprit, mon cœur ou mon identité sur une demande de sa part, ainsi que mon père l'a fait.

« Tu crois que ce monde est comme ça, a répondu Lettie. Tu t'imagines que c'est une proie facile. C'est pas vrai.

— Bien sûr que si. Qu'est-ce que tu me racontes ? Que ta famille et toi, vous allez défendre ce monde contre moi ? Tu es la seule à quitter de temps en temps les bornes de votre ferme – et tu as essayé de m'entraver sans connaître mon nom. Ta mère n'aurait pas été aussi sotte. Je n'ai pas peur de toi, petite fille. »

Lettie a plongé la main tout au fond du cabas. Elle en a retiré le pot de confiture contenant le trou de ver translucide, et l'a brandi.

« Voilà ton passage de retour, a-t-elle dit. Je fais preuve d'indulgence, et de gentillesse. Fais-moi confiance. Prends-le. Je crois pas qu'on puisse s'approcher davantage de chez toi que le lieu où on t'a rencontrée, avec le ciel orange, mais ça suffira bien. De là-bas, je peux pas te ramener à l'endroit d'où t'es venue à l'origine – j'ai demandé à Mémé, et elle m'a dit que ça existe même plus – mais une fois que tu seras revenue, on te trouvera une place, quelque chose de semblable. Un endroit où tu seras heureuse. Où tu seras en sécurité. »

Ursula Monkton est descendue du lit. Elle s'est remise debout et nous a toisés. Il n'y avait plus d'éclairs pour l'enguirlander, plus maintenant, mais elle était plus effrayante, debout, nue dans cette chambre, que lorsqu'elle flottait sous l'orage. C'était une adulte – non, davantage qu'une adulte. Elle était *vieille*. Et je ne me suis jamais senti plus enfant.

« Je suis si heureuse, ici, a-t-elle déclaré. Tellement, tellement heureuse ici. » Puis elle a ajouté, presque avec regret : « Pas vous. »

J'ai entendu un bruit, un doux battement de tissu déchiré. Les chiffons gris ont commencé à se détacher du plafond, un par un. Ils sont tombés, mais pas à la verticale. Ils tombaient vers nous, de partout dans la pièce, comme si nous étions des aimants, qui les attiraient vers nos corps. La première bande d'étoffe grise a atterri sur le dos de ma main gauche, et y est restée soudée. J'ai tendu la main droite pour la saisir, et j'ai tiré sur le tissu : il a adhéré un instant puis, en se détachant, il a produit un bruit de succion. Il y avait une marque colorée sur le dos de ma main gauche à l'endroit où s'était collé le tissu, aussi rouge que si j'y avais appliqué un long, long suçon, plus long et plus intense que je n'en ai jamais fait dans la vie réelle, et le sang y perlait. Des marques humides et rouges qui ont bavé quand j'y ai touché, et puis un long pansement de tissu a commencé à s'ancrer sur mes jambes ; je me suis écarté tandis qu'un bout d'étoffe se posait sur ma figure et mon front, qu'un autre venait m'envelopper les yeux, en m'aveuglant. J'ai alors tiré sur ce bandeau plaqué sur mes yeux, mais un autre m'entourait à présent les poignets, les ligotant ensemble, et voilà que j'avais les bras enserrés et cloués au corps ; j'ai trébuché, je suis tombé sur le parquet.

Si je luttais contre les bouts d'étoffe, ils me faisaient mal.

Mon monde était gris. Alors, j'ai capitulé. Je suis resté couché là, sans bouger, en me concentrant uniquement pour respirer à travers l'interstice que les bandes de tissus avaient ménagé pour mon nez. Elles me retenaient, et elles semblaient vivantes.

Étendu sur le tapis, j'ai écouté. Je ne pouvais rien faire d'autre.

« J'ai besoin qu'il n'arrive rien au petit, disait Ursula. J'ai promis de l'enfermer au grenier ; donc, ce sera le grenier. Mais toi, la petite fermière. Qu'est-ce que je vais faire de toi ? Quelque chose d'approprié. Peut-être que je devrais te retourner complètement, pour que ton cœur, ta cervelle et ta chair se retrouvent tous à nu, exposés à l'extérieur, le côté peau à l'intérieur. Ensuite, je te garderai emballée ici dans ma chambre, avec tes yeux qui fixeront pour l'éternité les ténèbres qui sont en toi. J'en suis capable.

— Non », a répondu Lettie. Je lui ai trouvé la voix triste. « En fait, t'en es pas capable. Et je t'ai laissé ta chance.

— Tu m'as menacée. Des menaces vides.

— Je menace pas, a dit Lettie. Je voulais réellement te laisser une chance. » Et puis elle a ajouté : « Quand t'as cherché des créatures comme toi à travers le monde, tu t'es pas demandé pourquoi y avait pas des tas d'autres créatures anciennes, par ici ? Non, tu t'es jamais posé la question. T'étais tellement contente d'être la seule, ici, que t'as pas pris le temps de réfléchir.

» Mémé appelle toujours les bestioles de ton genre des *puces*, Skarthach de la Citadelle. J'veux dire, elle aurait pu vous donner n'importe quel nom. Je crois qu'elle trouve le nom de *puces* drôle… Ceux d'ton espèce la dérangent pas. Elle vous juge plutôt inoffensives. Pas très malignes, c'est tout. C'est pask'y a des choses qui mangent les puces, dans c'te partie de la création. *Les vermines*, Mémé les appelle. Elles, elle les aime pas *du tout.* Elle dit qu'elles sont mauvaises, et que c'est dur de s'en débarrasser. Et elles ont toujours faim.

— Je n'ai pas peur », a assuré Ursula Monkton. Il y avait de la peur dans sa voix. Et ensuite, elle a demandé : « Comment connaissais-tu mon nom ?

— J'suis allé le chercher ce matin. Ça, pis d'autres objets, aussi. Des marqueurs de barrières, pour t'empêcher de t'enfuir trop loin et de t'empê-

170

trer davantage dans les problèmes. Et une piste de miettes de pain qui conduit tout droit ici, dans c'te chambre. À présent, ouvre le pot à confiture, sors-en la porte, et on va t'envoyer chez toi. »

J'ai attendu une réaction d'Ursula Monkton, mais elle n'a rien dit. Pas de réponse. Rien qu'une porte qui claquait et un bruit de pas rapides et lourds, qui dévalaient l'escalier.

La voix de Lettie était tout près de moi, et elle a dit : « Elle aurait mieux fait de rester ici, et d'accepter mon offre. »

J'ai senti ses mains tirer sur les tissus de mon visage. Ils se sont détachés avec un bruit humide de succion, mais ils ne paraissaient plus vivants et, en se dégageant, ils sont tombés au sol, où ils sont restés, immobiles. Cette fois-ci, il n'y avait pas de sang qui perlait sur ma peau. Ce qui m'était arrivé de pire, c'était que j'avais les bras et les jambes ankylosés.

Lettie m'a aidé à me relever. Elle ne paraissait pas contente.

« Où est-elle partie ? ai-je demandé.

— Elle a suivi la piste hors de la maison. Et elle a peur. Pauvre bestiole. Qu'est-ce qu'elle a peur.

— Toi aussi, t'as peur.

— Un peu, oui. À l'heure qu'il est, elle va s'apercevoir qu'elle est prise au piège à l'intérieur des barrières que j'ai installées, je suppose. »

Nous sommes sortis de la chambre. À l'endroit où le soldat de plomb avait été déposé en haut des marches, béait à présent une déchirure. C'est la meilleure description que je peux en donner : on aurait dit que quelqu'un avait pris une photo de l'escalier, puis arraché le soldat du cliché. À l'emplacement où avait été le jouet, il n'y avait plus rien qu'une grisaille trouble qui me faisait mal aux yeux si je la fixais trop longtemps.

« De quoi est-ce qu'elle a peur ?

— T'as entendu. Des vermines.

— Et toi, t'en as peur, des vermines, Lettie ? »

Elle a hésité, rien qu'un instant de trop. Et puis, elle a dit simplement : « Oui.

— Mais t'as pas peur d'elle. D'Ursula.

— Je peux pas avoir peur d'elle. C'est exactement ce que Mémé a dit. Elle ressemble à une puce, toute gonflée d'orgueil, de pouvoir et de convoitise, comme une puce qui se gorge de sang. Mais elle aurait pas pu me faire de mal. J' m'en suis débarrassée de dizaines comme elle, dans le temps. Y en a un qui est apparu au temps de Cromwell – là, ça méritait d'en parler. Il rendait les gens solitaires, celui-là. Ils se faisaient du mal, rien que pour leur solitude cesse – ils s'arrachaient les yeux ou ils sautaient dans des puits et, pendant tout ce temps-là, ce gros patapouf était installé dans la cave de la Tête du Duc, le pub, avec son allure de crapaud râblé, gros comme un bouledogue. » Nous étions au pied des marches, et suivions le couloir.

« Comment sais-tu où elle est allée ?

— Oh, elle a pu aller nulle part ailleurs que dans la direction que je lui ai préparée. » Dans la pièce en façade, ma sœur continuait à jouer *Chopsticks* au piano.

La la BLAM *la la*
la la BLAM *la la*
la la BLAM *la* BLAM *la* BLAM *la la...*

Nous sommes sortis par la porte de devant. « C'était une saleté, celui du temps de Cromwell. Mais on l'a fait sortir de là, juste avant qu'arrivent les oiseaux voraces.

— Les oiseaux voraces ?

— C'est comme ça que Mémé appelle les vermines. Les nettoyeurs. »

Ça ne paraissait pas très grave. Je savais qu'Ursula avait eu peur d'eux, mais pas moi. Pourquoi voudriez-vous avoir peur de nettoyeurs ?

XI

Nous avons rejoint Ursula Monkton sur la pelouse, près des rosiers. Elle tenait le pot de confiture, avec le trou de ver qui flottait à l'intérieur. Elle se comportait étrangement. Elle tirait sur le couvercle, puis s'interrompait pour lever les yeux vers le ciel. Ensuite, elle regardait de nouveau le pot de confiture.

Elle a couru à mon hêtre, celui où était l'échelle de corde, et elle a jeté de toutes ses forces le pot de confiture contre le tronc. Si elle cherchait à le briser, elle a échoué. Le pot a simplement ricoché, et atterri dans la mousse qui couvrait à demi l'entremêlement de racines, pour reposer là, intact.

Ursula Monkton a lancé un regard noir à Lettie. « Pourquoi ? a-t-elle demandé.

— Tu sais bien pourquoi.

— Pourquoi les as-tu laissées entrer ? » Elle avait fondu en larmes, et je me suis senti mal à l'aise. Je ne savais pas quoi faire, quand des adultes pleuraient. C'était un spectacle que je n'avais vu que deux fois dans ma vie, jusque-là : j'avais vu pleurer mes grands-parents, lorsque ma tante était morte à l'hôpital, et j'avais vu pleurer ma mère. Les adultes ne devraient pas pleurer, je le savais. Ils n'avaient pas de mères pour les consoler.

Je me suis demandé si Ursula Monkton avait jamais eu une mère. Elle avait de la boue sur le visage et sur les genoux, et elle poussait des lamentations.

J'ai entendu un bruit au loin, insolite et incongru : une vibration grave, comme si quelqu'un avait pincé une corde tendue.

« C'est pas moi qui les ai laissées entrer, a dit Lettie Hempstock. Elles vont où elles veulent. D'ordinaire, elles viennent pas ici, parce qu'il y a rien à manger, pour elles. Mais en ce moment, si.

— Renvoie-moi », a demandé Ursula Monkton. Et maintenant, je ne lui trouvais pas l'air même vaguement humain. Son visage n'allait pas, je ne sais comment : un assemblage fortuit de traits qui m'évoquait simplement un visage humain, à la façon des creux et des nodosités gris qui bosselaient le tronc de mon hêtre, ou des dessins du bois sur la tête du lit, chez ma grand-mère qui, si je les regardais sous le mauvais angle au clair de lune, me montraient un vieillard à la bouche grande ouverte, comme s'il était en train de hurler.

Lettie a ramassé le pot de confiture sur la mousse verte et a tenté de dévisser le couvercle. « Et voilà, tu l'as bloqué », a-t-elle dit. Elle a marché jusqu'à l'allée empierrée, a renversé le pot de confiture en le tenant par le fond et l'a cogné, couvercle vers le bas, une fois, avec assurance, contre le sol. Puis elle l'a remis à l'endroit et a dévissé. Cette fois-ci, le couvercle lui est resté dans la main.

Elle a tendu le pot à Ursula Monkton, qui a plongé les doigts à l'intérieur et en a tiré la chose translucide qui avait été naguère un trou dans mon pied. Elle se tortillait, gigotait et se ployait, apparemment ravie à son contact.

Ursula l'a jetée par terre. La chose est tombée dans l'herbe et a grandi. Sauf qu'elle ne grandissait pas. Elle *changeait :* comme si elle était plus proche de moi que je ne l'avais cru. Je pouvais voir à l'intérieur, d'une extrémité à l'autre. J'aurais pu la parcourir en courant, si l'autre bout de ce tunnel ne s'était pas achevé sur un ciel orange acide.

Tandis que je la regardais, j'ai ressenti dans ma poitrine un nouvel élancement : un sentiment de givre, comme si j'avais mangé tant de crème glacée que je m'étais frigorifié les entrailles.

Ursula Monkton s'est avancée vers l'embouchure du tunnel. (Comment le minuscule trou de ver pouvait-il être un tunnel ? Je n'arrivais pas à le comprendre. C'était toujours un trou de ver luisant, translucide, argent et noir, sur l'herbe, d'une trentaine de centimètres de long, pas plus. On aurait dit que j'avais effectué un zoom sur un petit objet, je suppose. Mais c'était également un tunnel, et on aurait pu y faire passer une maison.)

Puis elle s'est arrêtée, et elle a poussé une plainte.

« Le chemin de retour », a-t-elle dit. Rien que cela. « Incomplet, a-t-elle ajouté. Il est cassé. La fin de la porte n'est pas là... » Et elle a regardé autour d'elle, troublée et perplexe. Elle a fixé son regard sur moi – pas sur mon visage, mais sur ma poitrine. Et elle a souri.

Et puis, elle s'est *ébrouée.* Un instant, c'était une adulte, nue et crottée de boue et, le moment d'après, comme si elle était un parapluie couleur de chair, elle s'est déployée.

Et en se déployant, elle s'est tendue et m'a attrapé, m'a soulevé et emporté haut au-dessus du sol, et la peur m'a fait tendre la main et la saisir en retour.

Je serrais de la chair. Je me trouvais à cinq ou six mètres du sol, aussi haut que dans un arbre.

Je ne serrais pas de la chair.

Je serrais du vieux tissu, une toile détériorée, en putréfaction, et, au-dessous, je sentais du bois. Pas du bon bois ferme, mais le genre de vieux bois en décomposition que j'aurais trouvé à un endroit où des arbres s'étaient abattus, de cette sorte qui paraît toujours humide, que je pourrais émietter avec les doigts, un bois mou colonisé par de minuscules scarabées et cloportes, tous infectés par des champignons filamenteux.

Cela grinçait et tanguait en me retenant.

TU AS BLOQUÉ LES ISSUES, a-t-elle crié à Lettie Hempstock.

« J'ai rien bloqué du tout, a répondu Lettie. Tu as pris mon ami. Pose-le par terre. » Elle se trouvait loin en dessous de moi, et j'avais peur de cette altitude, peur de la créature qui m'empoignait.

LE PASSAGE EST INCOMPLET. LES ISSUES SONT BLOQUÉES.

« Pose-le par terre. Tout de suite. Soigneusement. »

IL COMPLÈTE LE PASSAGE. LE PASSAGE SE TROUVE À L'INTÉRIEUR DE LUI.

J'ai eu la certitude que j'allais mourir, à ce moment-là.

Je ne voulais pas mourir. Mes parents m'avaient dit que je ne mourrais pas vraiment, pas le véritable moi : que personne ne mourait vraiment, quand on mourait ; que le chaton et le prospecteur d'opales avaient simplement pris de nouveaux corps et qu'ils reviendraient, assez vite. Je ne savais pas si c'était vrai ou pas. Je savais simplement que j'avais pris l'habitude d'être moi, que j'aimais mes livres, mes grands-parents et Lettie Hempstock, et que la mort allait me retirer toutes ces choses.

JE VAIS L'OUVRIR. L'ISSUE EST ROMPUE. ELLE EST RESTÉE À L'INTÉRIEUR DE LUI.

J'aurais bien donné un coup de pied, mais il n'y avait rien dans quoi le donner. J'ai tiré avec mes doigts sur le membre qui me tenait, mais mes ongles se sont enfoncés dans du tissu putréfié, du bois friable et, au-dessous, quelque chose d'aussi dur que de l'os ; et la créature me retenait contre elle.

« Lâche-moi ! ai-je crié. Lâche ! Moi ! »

NON.

J'ai hurlé. « Maman ! Papa ! » Et puis : « Lettie, oblige-la à me poser. »

Mes parents n'étaient pas là. Lettie, si. Elle a dit : « Skarthach. Pose-le. Je t'ai offert un choix, avant. Ce sera plus dur de t'envoyer chez toi, avec la fin de ton tunnel en lui. Mais on peut y arriver – et Mémé peut y arriver, si Maman et moi, on y parvenait pas. Alors, pose-le. »

C'EST EN LUI. CE N'EST PAS UN TUNNEL. PLUS MAINTENANT. ÇA N'A PAS DE FIN. J'AI ARRIMÉ LE SENTIER TROP SOLIDEMENT EN LUI QUAND JE L'AI CRÉÉ, ET LA DERNIÈRE PARTIE EST ENCORE ANCRÉE EN LUI. PEU IMPORTE. TOUT CE QU'IL ME FAUT FAIRE POUR PARTIR D'ICI, C'EST DE PLONGER LA MAIN DANS SA POITRINE, D'EN ARRACHER SON CŒUR BATTANT, DE COMPLÉTER LE PASSAGE ET D'OUVRIR LA PORTE.

Elle parlait sans mots, cette créature sans visage de tissu qui claquait, elle parlait directement dans ma tête et, cependant, il y avait dans ses mots quelque chose qui me rappelait la jolie voix musicale d'Ursula Monkton. Je savais qu'elle avait l'intention de faire ce qu'elle disait.

« T'as épuisé toutes tes chances », lui a dit Lettie, comme si elle nous annonçait que le ciel est bleu. Et elle a porté deux doigts à ses lèvres ; aigu, mélodieux et perçant dans son intensité − elle a poussé un coup de sifflet.

Elles sont arrivées comme si elles attendaient son appel.

Elles étaient haut dans le ciel, et noires, d'un noir de jais, tellement noires qu'on aurait cru que c'étaient des taches sur mes yeux, et pas vraiment des choses réelles. Elles avaient des ailes, mais ce n'étaient pas des oiseaux. Elles étaient plus anciennes que les oiseaux et volaient en cercles, en boucles et en spirales, par dizaines, par centaines peut-être, et chaque non-oiseau qui battait des ailes descendait lentement, très très lentement.

Je me suis surpris à imaginer une vallée remplie de dinosaures, des millions d'années plus tôt, qui étaient morts en se battant, ou de maladie : à imaginer tout d'abord les carcasses des lézards de tonnerre en putréfaction, plus grosses que des bus, et puis les vautours de cette ère : gris anthracite, nus, ailés mais dénués de plumes ; des figures de cauchemar − des mufles en forme de bec garnis de crocs effilés comme des aiguilles, conçus pour ravager, déchirer et dévorer, et d'avides yeux rouges. Ces créatures-ci auraient fondu sur les dépouilles des grands lézards de tonnerre pour n'en laisser que des os.

Elles étaient énormes, et sveltes, anciennes, et j'avais mal aux yeux en les regardant.

« Maintenant, a ordonné Lettie Hempstock à Ursula Monkton. Pose-le par terre. »

La chose qui me retenait n'a pas esquissé un geste pour me lâcher. Elle n'a rien dit, mais elle s'est déplacée avec vivacité, comme un grand navire en loques, pour traverser l'herbe en direction du tunnel.

Je voyais la colère dans les yeux de Lettie Hempstock, ses poings serrés si fort qu'elle avait les phalanges blanchies. Je voyais au-dessus de nous les oiseaux voraces tourner, tourner…

Et soudain, l'un d'entre eux est tombé du ciel, tombé plus vite que l'esprit ne pouvait l'imaginer. J'ai senti près de moi un déplacement d'air, vu une gueule noire, noire, remplie d'aiguilles, et des yeux qui flambaient comme des brûleurs à gaz, et j'ai entendu un bruit d'arrachement, comme un rideau qu'on lacère.

La créature volante a de nouveau pris son essor dans le ciel avec une longueur de tissu gris entre ses mâchoires.

J'ai entendu une voix se lamenter à l'intérieur et à l'extérieur de ma tête, et elle appartenait à Ursula Monkton.

Ils sont alors descendus, comme s'ils avaient tous attendu que le premier de leur nombre bouge. Du ciel, ils ont fondu sur la créature qui me retenait, des cauchemars taillant en pièces un autre cauchemar, déchirant des lambeaux de tissu, et à travers tout cela, j'entendais Ursula Monkton crier.

JE LEUR DONNAIS SIMPLEMENT CE QU'ILS VOULAIENT, clamait-elle, ulcérée et apeurée. JE LES RENDAIS HEUREUX.

« T'as poussé mon papa à me faire du mal », ai-je lancé, tandis que la créature qui me retenait

se démenait contre les cauchemars qui déchique-
taient son tissu. Les oiseaux voraces la réduisaient
en lambeaux, chacun arrachant en silence des
bandeaux d'étoffe et remontant dans le ciel en
battant lourdement des ailes, avant de tournoyer
et de s'abattre à nouveau.

JE N'AI JAMAIS FORCÉ AUCUN D'EUX À FAIRE QUOI QUE
CE SOIT, m'a-t-elle dit. Un instant, j'ai cru qu'elle me
riait au nez, puis le rire s'est changé en hurlement,
si sonore qu'il m'a blessé les tympans et la tête.

On aurait dit alors que le vent avait quitté les
voiles en loques et la créature qui me retenait
s'est effondrée au sol avec lenteur.

J'ai heurté l'herbe durement, m'écorchant
les genoux et la paume des mains. Lettie m'a
relevé, m'a aidé à m'écarter des vestiges écroulés,
froissés, de ce qui s'était un jour appelé Ursula
Monkton.

Il y avait encore du tissu gris, mais ce n'était pas
une étoffe : ça se tordait et ça roulait sur le sol
autour de moi, sans être poussé par aucun vent
que je puisse percevoir, un grouillement confus
de vers.

Les oiseaux voraces se sont posés dessus comme
des mouettes sur une grève de poissons échoués,
et ils l'ont déchiqueté comme s'ils n'avaient pas
mangé depuis mille ans et s'ils avaient besoin de
s'empiffrer à présent, car mille ans, ou davantage,
pourraient encore s'écouler avant leur prochain
repas. Ils déchiraient la substance grise et, dans
ma tête, je l'ai entendue hurler tout du long, tandis
qu'ils enfournaient sa chair en toile putréfiée dans
leurs gueules acérées.

Lettie me tenait par le bras. Elle n'a rien dit.

Nous avons attendu.

Et quand les cris ont cessé, j'ai su qu'Ursula Monkton avait disparu à jamais.

Une fois que les créatures noires ont eu fini de dévorer la créature sur l'herbe et qu'il n'est rien resté, pas le moindre lambeau d'étoffe grise, elles ont tourné leur attention vers le tunnel translucide, qui se tordait, se tortillait et gigotait comme une créature vivante. Plusieurs d'entre elles l'ont saisi entre leurs serres et se sont enlevées avec lui, l'entraînant vers le ciel tandis que le reste d'entre elles le déchiraient, le démolissaient de leurs gueules voraces.

Je pensais que, quand elles en auraient fini avec lui, elles s'en iraient, retourneraient d'où elles venaient, mais ça n'a pas été le cas. Elles sont descendues. J'ai essayé de les dénombrer, au fur et à mesure qu'elles se posaient, et j'ai échoué. Il m'avait semblé qu'il y en avait des centaines, mais j'avais pu me tromper. Il pouvait y en avoir une vingtaine. Il pouvait y en avoir un millier. J'étais incapable de l'expliquer : peut-être venaient-elles d'un endroit où des choses comme le calcul ne s'appliquaient pas, un lieu en dehors du temps et des nombres.

Elles se sont posées, et je les ai fixées, mais je n'ai vu rien que des ombres.

Tellement d'ombres.

Et elles nous fixaient.

Lettie a dit : « Vous avez terminé ce que vous étiez venues faire. Vous avez attrapé votre proie. Vous avez nettoyé. Vous pouvez rentrer chez vous, à présent. »

Les ombres n'ont pas bougé.

Elle a dit : « Filez ! »

Les ombres sur l'herbe sont restées exactement à la même place. Si possible, elles paraissaient plus sombres, plus réelles qu'elles ne l'étaient auparavant.

— *Tu n'as aucun pouvoir sur nous.*

« Peut-être pas, a reconnu Lettie. Mais je vous ai appelées ici, et à présent, je vous dis de rentrer chez vous. Vous avez dévoré Skarthach de la Citadelle. Vous avez fait votre travail. À présent, fichez le camp. »

— *Nous sommes des nettoyeurs. Nous sommes venus nettoyer.*

« Oui, et vous avez nettoyé la créature pour laquelle vous êtes venus. Rentrez chez vous. »

— *Pas tout*, a soupiré le vent dans les massifs de rhododendrons et le froissement de l'herbe.

Lettie s'est tournée vers moi, et m'a entouré de ses bras. « Viens, a-t-elle dit. Vite. »

Nous avons traversé la pelouse, rapidement. « Je te conduis au cercle des fées, a-t-elle expliqué. Tu vas devoir attendre là que je vienne te chercher. N'en sors pas. Sous aucun prétexte.

— Pourquoi pas ?

— Parce qu'il pourrait t'arriver du mal. Je crois pas que je pourrais te ramener à la ferme en toute sécurité, et je peux pas arranger ça à moi toute seule. Mais tu crains rien, dans le cercle. Quoi que tu voies, quoi que tu entendes, le quitte pas. Reste simplement où tu es et tout ira bien pour toi.

— C'est pas un vrai cercle des fées, lui ai-je rappelé. C'est seulement pour jouer. C'est un cercle d'herbe verte.

— Il est ce qu'il est. Rien qui te veut du mal pourra le franchir. À présent, reste à l'intérieur. »

Elle m'a pressé la main et m'a accompagné à l'intérieur du cercle d'herbe verte. Puis elle est partie en courant, plongeant dans les bosquets de rhododendrons, et elle a disparu.

XII

Les ombres ont commencé à se rassembler autour des bords du cercle. Des bavures informes qui n'étaient là, vraiment là, que lorsque je les apercevais du coin de l'œil. Alors, elles semblaient être des oiseaux. Alors, elles semblaient voraces.

Jamais je n'ai eu aussi peur que durant mon séjour dans ce cercle d'herbe avec l'arbre mort en son centre, cet après-midi-là. Aucun oiseau ne chantait, aucun insecte ne bourdonnait ou ne zonzonnait. Rien ne changeait. J'entendais le froissement des feuilles et le soupir de l'herbe quand le vent passait sur elle, mais Lettie Hempstock n'était pas là, et je n'entendais pas de voix dans la brise. Il n'y avait rien pour m'effrayer, sinon des ombres, et ces ombres n'étaient même pas nettement visibles lorsque je les regardais en face.

Le soleil a baissé dans le ciel, et les ombres se sont confondues avec le crépuscule, sont devenues, si cela était possible, encore plus indistinctes, si bien que désormais je n'étais plus certain qu'il y ait là quoi que ce soit. Mais je n'ai pas quitté le cercle d'herbe.

« Hé ! Petit ! »

Je me suis retourné. Il traversait la pelouse en venant vers moi. Il était vêtu comme la dernière fois que je l'avais vu : un smoking, une chemise blanche à jabot, un nœud papillon noir. Son visage était encore d'un rouge cerise alarmant, comme s'il était resté trop longtemps sur la plage, mais il avait les mains blanches. Il ressemblait à une statue de cire, pas à une personne, quelque chose qu'on s'attendrait à voir dans la Chambre des Horreurs. Il a grimacé un sourire en me voyant le regarder, et a ressemblé à ce moment-là à une statue de cire qui souriait ; j'ai dégluti et souhaité que le soleil brille encore.

« Allons, petit, m'a dit le prospecteur d'opales. Tu fais que repousser l'inévitable. »

Je n'ai pas dit un mot. Je l'ai observé. Ses chaussures noires vernies se sont avancées jusqu'au cercle d'herbe mais ne l'ont pas franchi.

Mon cœur tambourinait si fort dans ma poitrine que j'étais sûr que l'homme devait l'entendre. Ma nuque et mon cuir chevelu me démangeaient.

« Petit, a-t-il dit avec son fort accent sud-africain. Ils ont besoin d'en finir. C'est leur rôle : ce sont les charognards, les vautours du vide. Leur boulot. Nettoyer les dernières traces des saletés. Propre et net. On te retire du monde, et ce sera comme si t'avais jamais existé. Laisse-toi faire. Tu sentiras rien. »

Je l'ai dévisagé. Les adultes ne promettaient ça, de quoi qu'il s'agisse, que lorsque ça allait faire un mal de chien.

Le mort en smoking a lentement tourné la tête, jusqu'à ce que son visage regarde le mien. Ses yeux avaient basculé dans leurs orbites, et ils semblaient fixer en aveugle le ciel au-dessus de nous, comme un somnambule.

« Elle peut pas te sauver, ta petite copine, a-t-il dit. Ton destin a été scellé et décidé y a des jours, quand leur proie t'a utilisé comme porte entre son site à celui-ci, et qu'elle a accroché son passage dans ton cœur.

— C'est pas moi qui ai commencé ! ai-je lancé au mort. C'est pas juste. C'est *vous* qui avez tout commencé.

— Oui, a répondu le mort. Tu viens ? »

Je me suis assis, adossé à l'arbre mort au centre du cercle des fées, j'ai fermé les yeux, et je n'ai pas bougé. Je me suis remémoré des poèmes pour me changer les idées, les ai récités en silence, entre mes dents, articulant les mots mais sans faire de bruit.

Canichon dit à la Souris Qu'il rencontra dans le logis Je crois le moment fort propice De te faire aller en justice…

J'avais appris ce poème par cœur à l'école. Il était prononcé par la souris d'*Alice au Pays des merveilles*, celle qu'Alice rencontre en nageant dans la mare de ses propres larmes. Dans mon exemplaire d'*Alice*, les mots du poème se tordaient en rétrécissant comme une queue de souris.

Je pouvais réciter tout le poème d'une seule longue traite sans respirer, et je l'ai fait, jusqu'à sa fin inévitable.

Mais Canichon plein de malice dit c'est moi qui suis la justice Et que tu aies raison ou tort Je vais te condamner à mort.

Quand j'ai ouvert les yeux et que j'ai levé le regard, le prospecteur d'opales n'était plus là.

Le ciel virait au gris et le monde perdait de la profondeur pour s'aplatir contre le crépuscule. Si les ombres étaient toujours là, je n'arrivais plus à les distinguer ; ou plutôt le monde entier était devenu ombres.

Ma petite sœur a accouru de la maison, en appelant mon nom. Elle s'est arrêtée avant de m'atteindre, et m'a demandé : « Qu'est-ce que tu fais ?

— Rien.

— Papa est au téléphone. Il dit qu'il faut que tu viennes lui parler.

— Non. C'est pas vrai.

— Quoi ?

— Il a pas dit ça.

— Si tu viens pas tout de suite, tu vas avoir des ennuis. »

Je ne savais pas si c'était ma sœur ou pas, mais j'étais à l'intérieur du cercle d'herbe et elle, elle était à l'extérieur.

J'ai regretté de ne pas avoir apporté de livre avec moi, bien qu'il fasse presque trop noir pour lire. J'ai répété dans ma tête le poème de la Souris de la mare aux larmes. *Vite allons commençons l'affaire Ce matin je n'ai rien à faire...*

« Où elle est, Ursula ? s'est enquise ma sœur. Elle est montée dans sa chambre, mais elle y est plus. Elle est pas à la cuisine, ni aux cabinets. Je veux manger. J'ai faim.

— Tu peux te préparer à manger toute seule. T'es pas un bébé.

— Où elle est, Ursula ? »

Elle a été taillée en pièces par des monstrueux vautours venus d'ailleurs et, pour être honnête, je

pense que tu es l'un d'eux, ou qu'ils te contrôlent,
ou un truc dans ce genre.

« Chsais pas.

— Je dirai à Papa et Maman quand ils rentreront que t'as été méchant avec moi, aujourd'hui.
T'auras des ennuis. » Je me suis demandé si c'était
vraiment ma sœur, ou pas. Elle s'exprimait indé-
niablement comme elle. Mais elle n'a pas franchi
d'un pas le rond d'herbe plus verte pour entrer
dans le cercle. Elle m'a tiré la langue, et elle est
repartie en courant vers la maison.

La Souris dit à Canichon Sans juge et sans jurés
mon bon...

Un profond crépuscule de pénombre, tout
incolore et tendu. Des moustiques m'ont piaulé
autour des oreilles et se sont posés, un par un, sur
mes joues et mes mains. Je me suis alors félicité
de porter l'étrange tenue vieillotte du cousin de
Lettie Hempstock, parce que j'avais moins de peau
nue exposée. J'ai donné des claques aux insectes
quand ils se posaient, et certains se sont envolés.
Un d'eux, qui ne m'a pas échappé et se gobergeait
au creux de mon poignet, a éclaté quand je l'ai
frappé, laissant une larme de sang écrasée couler
sur la face interne de mon bras.

Il y avait des chauves-souris qui volaient au-
dessus de moi. J'aimais les chauves-souris, je les
avais toujours aimées, mais cette nuit-là, il y en
avait vraiment beaucoup, et elles m'ont rappelé
les oiseaux voraces ; j'ai frémi.

Le crépuscule est, imperceptiblement, devenu la
nuit, et j'étais désormais assis dans un cercle que
je ne voyais plus, au fond du jardin. Des lumières,
un éclairage électrique hospitalier, sont apparues
dans la maison.

Je ne voulais pas avoir peur du noir. Je n'avais peur de rien qui soit réel. Simplement, je ne voulais plus rester ici, à attendre dans les ténèbres mon amie qui m'avait quitté en courant et ne semblait pas revenir.

... Canichon plein de malice dit c'est moi qui suis la justice Et que tu aies raison ou tort Je vais te condamner à mort.

Je suis resté à ma place. J'avais vu Ursula Monkton taillée en pièces, et ces pièces dévorées par des charognards venus d'au-delà de l'univers des choses que je comprenais. Si je quittais le cercle, j'en étais certain, ils me feraient subir le même sort.

De Lewis Carroll, je suis passé à Gilbert et Sullivan.

Quand au lit vous veillez de migraine affligé et que l'anxiété rend tout repos tabou, vous pouvez bien user d'un langage imagé et vous y adonner sans scandale du tout...

J'adorais le son de ces paroles, même si je n'étais pas absolument certain de la signification de toutes.

J'ai eu envie de faire pipi. J'ai tourné le dos à la maison, me suis éloigné de l'arbre de quelques pas, avec la peur d'avancer d'un pas de trop et de me retrouver à l'extérieur du cercle. J'ai uriné dans les ténèbres. Je venais tout juste de finir et de me retourner vers la maison, quand le faisceau d'une torche m'a aveuglé et la voix de mon père a dit : « Mais qu'est-ce que tu fabriques ici ?

— Je... je suis ici, c'est tout, ai-je dit.

— Oui. Ta sœur l'a dit. Bon, allez, il est temps de rentrer à la maison. Ton repas est sur la table. »

Je suis resté où je me trouvais. « Non », ai-je dit, et j'ai secoué la tête.

« Ne sois pas ridicule.

— Je suis pas ridicule. Je reste ici.

— Allez, viens. » Puis, avec plus de gaîté : « Viens donc, Beau George. » Ça avait été le sobriquet – ridicule qu'il me donnait quand j'étais bébé. Il avait même une chanson assortie, qu'il chantait en me faisant sauter sur ses genoux. C'était la plus belle chanson du monde.

Je n'ai rien dit.

« Pas question que je te porte jusqu'à la maison », a dit mon père. Une certaine tension commençait à s'insinuer dans sa voix. « Tu es trop grand pour ça. »

Oui, me suis-je dit. *Et pour me soulever, tu devrais entrer dans le cercle des fées.*

Mais le cercle des fées semblait absurde, à présent. C'était mon père, pas une créature de cire fabriquée par les oiseaux voraces pour m'attirer au-dehors. Il faisait nuit. Mon père était rentré du travail. Il était temps.

« Ursula Monkton est partie, ai-je dit. Et elle reviendra jamais. »

Il a alors paru irrité. « Qu'est-ce que tu as fait ? Tu lui as dit des horreurs ? Tu lui as manqué de respect ?

— Non. »

Il m'a braqué le faisceau de la torche en pleine figure. La lumière était presque aveuglante. Il paraissait lutter pour tenir sa mauvaise humeur sous contrôle. « Dis-moi ce que tu lui as raconté, m'a-t-il dit.

— Je lui ai rien raconté. Elle est partie, c'est tout. »

C'était la vérité, ou presque.

« Rentre à la maison, maintenant.

— Je t'en prie, papa. Il faut que je reste ici.

— Tu vas rentrer à la maison sur-le-champ ! »
a hurlé mon père, à pleins poumons, et je n'ai
pas pu me retenir : ma lèvre inférieure a tremblé,
mon nez s'est mis à couler et j'ai eu soudain les
larmes aux yeux. Elles m'ont brouillé la vision
en me piquant les yeux, mais elles ne sont pas
tombées et je les ai refoulées en clignant des
paupières.

Je ne savais pas si je parlais à mon propre père
ou pas.

« J'aime pas, quand tu me cries dessus.

— Hé bien, moi, je n'aime pas quand tu te
conduis comme un petit animal ! » a-t-il crié et,
maintenant je pleurais, les larmes me coulaient
sur le visage, et j'aurais voulu être n'importe où
ailleurs qu'à cet endroit, ce soir-là.

J'avais tenu tête à pire que lui au cours de ces
dernières heures. Et subitement, ça n'a plus eu
d'importance. J'ai levé les yeux vers la forme
sombre placée derrière le faisceau de la lampe
et au-dessus de lui, et j'ai dit : « Ça te donne l'impression d'être plus grand, quand tu fais pleurer
un petit garçon ? » et j'ai su à l'instant où je pro-
nonçais ces mots que c'était ce que je n'aurais
jamais dû dire.

Son visage, ce que j'en distinguais dans le reflet
de la lampe torche, s'est plissé et il a paru choqué. Il a ouvert la bouche pour parler, puis il l'a
refermée. Je n'ai aucun souvenir d'avoir vu mon
père chercher ses mots en vain, ni avant ni après.
Uniquement à ce moment-là. J'ai pensé : *Je vais*

bientôt mourir ici. Je ne veux pas mourir avec ces mots sur mes lèvres.

Mais le rayon de la torche se détournait de moi. Mon père a simplement dit : « On est à la maison. Je vais mettre ton repas au four. »

J'ai regardé la torche retraverser la pelouse, dépasser les rosiers et monter vers la maison, jusqu'à ce qu'elle s'éteigne et se perde de vue. J'ai entendu la porte de derrière s'ouvrir et se refermer.

Et alors par bonheur vient un peu de torpeur, malgré vos yeux brûlants, votre crâne dolent.
Mais votre somme abonde en cauchemars immondes, et l'éveil aussitôt vous redevient tentant…

Quelqu'un a ri. J'ai arrêté de chanter et j'ai regardé autour de moi, mais je n'ai vu personne.

« *L'air du Cauchemar,* a dit une voix. Comme c'est bien choisi. »

Elle s'est approchée, jusqu'à ce que je voie son visage. Ursula Monkton, toujours complètement nue, souriait. Je l'avais vue déchiquetée quelques heures plus tôt, mais à présent elle était entière. Toutefois, elle semblait moins matérielle que n'importe lequel des gens que j'avais vus cette nuit-là ; je distinguais les lumières de la maison qui brillaient derrière elle, au travers d'elle. Son sourire n'avait pas changé.

« Vous êtes morte, lui ai-je dit.

— Oui, j'ai été dévorée, m'a répondu Ursula Monkton.

— Vous êtes morte. Vous êtes pas réelle.

— J'ai été dévorée, a-t-elle répété. Je ne suis rien. Et ils m'ont laissé sortir, juste un petit moment, de l'endroit qui est en eux. Il fait froid, là-dedans, et c'est très vide. Mais ils t'ont promis à moi, pour que j'aie de quoi jouer ; de quoi me tenir compagnie dans le noir. Et une fois que tu auras été dévoré, toi non plus, tu ne seras rien. Mais quoi qu'il reste de ce rien, je pourrai le garder, dévorés et réunis, mon jouet et ma distraction, jusqu'à la fin des temps. Que nous allons nous *amuser*. »

Un fantôme de main s'est levé, il a touché le sourire, et il m'a adressé le fantôme du baiser d'Ursula Monkton.

« Je t'attendrai », a-t-elle dit.

Un froissement dans les rhododendrons derrière moi et une voix, enjouée, féminine et jeune, qui disait : « Tout va bien. Mémé a réglé les choses. Tout est arrangé. Viens. »

La lune était visible au-dessus du buisson d'azalées, à présent, un croissant lumineux, semblable à une grosse rognure d'ongle.

Je me suis assis près de l'arbre mort et je n'ai pas bougé.

« Allez, viens, bêta. Je te l'ai dit. Elles sont rentrées chez elles, a dit Lettie Hempstock.

— Si tu es vraiment Lettie Hempstock, viens ici, toi. »

Elle est restée en place, une fille d'ombre. Puis elle a ri, s'est étirée, secouée, et ce n'était plus désormais qu'une ombre parmi tant d'autres : une ombre qui emplissait la nuit.

« Tu as faim », a dit la voix dans la nuit, et elle ne ressemblait plus à celle de Lettie, plus maintenant. Elle aurait pu être la voix à l'intérieur de ma tête, mais elle parlait tout fort. « Tu es fatigué.

Ta famille te déteste. Tu n'as pas d'amis. Et Lettie Hempstock, j'ai le regret de te l'apprendre, ne reviendra jamais. »

J'aurais voulu voir qui parlait. Si on peut craindre un objet précis et visible, plutôt que quelque chose qui pourrait être n'importe quoi, c'est plus facile.

« Tout le monde s'en fiche », a dit la voix, tellement résignée, tellement pragmatique. « À présent, sors du cercle et viens vers nous. Il suffira d'un seul pas. Pose juste un pied de l'autre côté du seuil et nous ferons disparaître à jamais toute la douleur : celle que tu ressens en ce moment et celle qui reste à venir. Cela ne se produira jamais. »

Ce n'était pas une voix, plus maintenant. C'étaient deux personnes qui parlaient à l'unisson. Ou cent. Je ne pouvais pas juger. Tant de voix.

« Comment peux-tu être heureux en ce monde ? Tu as un trou dans le cœur. Tu possèdes en toi un portail vers des pays au-delà du monde que tu connais. Ils t'appelleront, quand tu grandiras. Il n'y aura jamais de moment où tu les oublieras, où tu ne chercheras pas, dans ton cœur, quelque chose que tu ne peux pas avoir, que tu ne pourras même pas imaginer de façon satisfaisante, et dont la privation gâchera ton repos, tes jours et ta vie, jusqu'à ce que tu closes les yeux pour la dernière fois, jusqu'à ce que tes êtres chers te donnent du poison et te vendent aux *anatomistes*, et même là, tu mourras avec un trou à l'intérieur de toi, et tu gémiras, tu maudiras une existence mal vécue. Mais tu ne grandiras pas. Tu peux sortir, et nous y mettrons fin, proprement, ou tu peux mourir là-dedans, de faim et de peur. Et quand tu seras mort, ton cercle ne signifiera plus rien ; nous t'arracherons le cœur et prendrons ton âme en souvenir.

— P't-être que ça se passera comme ça, ai-je répondu aux ténèbres et aux ombres, ou p't-être pas. Et p't-être que si ça se passe comme ça, ça serait arrivé de toute façon. Je m'en fiche. Je vais quand même continuer à attendre Lettie Hempstock, et elle va revenir me trouver. Et si je meurs ici, alors je mourrai quand même en l'attendant, et mieux vaut mourir comme ça, que de me faire tailler en pièces par d'horribles créatures stupides comme vous parce que je porte en moi quelque chose que je *voulais* même pas ! »

Il y a eu un silence. Les ombres semblaient de nouveau faire partie de la nuit. J'ai passé en revue ce que j'avais dit, et j'ai su que c'était vrai. À ce moment-là, pour une fois dans mon enfance, je n'avais pas peur du noir et, oui, j'étais parfaitement disposé à mourir (aussi disposé que peut l'être un gamin de sept ans, convaincu de son immortalité) si je mourais en attendant Lettie. Parce que c'était mon amie.

Le temps a passé. J'ai attendu que la nuit recommence à me parler, que des gens viennent, que tous les spectres et les monstres de mon imagination se dressent autour du cercle et me hèlent, mais il ne s'est plus rien passé. Pas à ce moment-là. J'ai attendu, simplement.

La lune est montée plus haut. Mes yeux s'étaient accoutumés à l'obscurité. J'ai chanté, entre mes dents, répétant sans cesse les paroles.

Ah ! Pauvre loque au lit, c'est le torticolis
Ou alors vous ronflez, tête sur le parquet,
Et vos pieds fourmillent, de la plante aux chevilles,
Une jambe est morose, car sa chair s'ankylose,
Une crampe aux orteils, un moustique aux oreilles

Et une soif affreuse rend la langue pâteuse,
Un chat dans le gosier ; et vous qui supposiez
que votre couche serait un lit de roses...

Je me la suis fredonnée, toute la chanson, d'un bout à l'autre, deux ou trois fois, et j'ai été soulagé de me souvenir des paroles, même si je ne les comprenais pas toujours.

XIII

Lorsque Lettie est arrivée, la véritable Lettie, cette fois, elle transportait un seau d'eau. Il devait être lourd, à en juger par sa façon de le soulever. Elle a enjambé l'endroit où devait se trouver le bord du cercle dans l'herbe et elle est venue droit vers moi.

« Pardon, a-t-elle dit. Ça a pris beaucoup plus longtemps que je m'y attendais. Il voulait pas coopérer, en plus, et finalement ça a pris Mémé et moi pour y parvenir, et c'est elle qui a fait le plus gros du travail. Il pouvait pas s'opposer à elle, mais il a pas aidé, et c'est pas facile de...

— Mais quoi ? ai-je demandé. De quoi tu parles ? »

Elle a posé le seau en métal sur l'herbe à côté de moi sans en renverser une goutte. « De l'océan, a-t-elle dit. Il voulait pas venir. Il a donné tellement de mal à Mémé qu'elle a dit qu'elle allait devoir aller faire un somme, ensuite. Mais on a quand même réussi à le mettre dans le seau, en fin de compte. »

L'eau dans le seau luisait, émettant une lueur bleu-vert. Je distinguais à sa lumière le visage de Lettie. Je voyais les vagues et les rides à la surface de l'eau, je les regardais monter et s'écraser contre le bord du seau.

« Je comprends pas.

— Je pouvais pas t'amener jusqu'à l'océan, a-t-elle répondu. Mais rien m'empêchait d'amener l'océan jusqu'à toi.

— J'ai faim, Lettie. Et ça me plaît pas, tout ça.

— Maman a préparé à manger. Mais il va falloir que tu supportes ta faim encore un petit moment. Tu as eu peur, ici, tout seul ?

— Oui.

— Est-ce qu'elles ont essayé de te faire sortir du cercle ?

— Oui. »

Elle a pris mes mains dans les siennes et les a pressées. « Mais tu es resté où tu devais être, et tu les as pas écoutées. Bien joué. C'est du beau travail, ça. » Et elle paraissait fière. À cet instant, j'ai oublié ma faim, j'ai oublié ma peur.

« Et maintenant, qu'est-ce que je fais ? lui ai-je demandé.

— Maintenant, tu entres dans le seau. Pas la peine de retirer tes chaussures, ni rien. Entre, c'est tout. »

Sa requête ne m'a même pas paru bizarre. Elle m'a lâché une main, tenant toujours l'autre. J'ai pensé : *Jamais je ne te lâcherai ta main, sauf si tu me le demandes*. J'ai plongé un pied dans l'eau miroitante du seau, élevant son niveau presque jusqu'au bord. Mon pied reposait sur le fond en zinc du seau. L'eau était fraîche à mon pied, pas froide. J'ai introduit l'autre pied dans l'eau et j'ai coulé avec lui, coulé comme une statue de marbre, et les vagues de l'océan de Lettie Hempstock se sont refermées au-dessus de ma tête.

J'ai ressenti le même choc que vous éprouveriez si vous aviez reculé sans regarder et que vous ayez basculé dans une piscine. J'ai fermé les yeux sous la piqûre de l'eau et je les ai tenus étroitement clos, très étroitement.

Je ne savais pas nager. Je ne savais pas où je me trouvais, ni ce qui se passait, mais, même sous l'eau, j'ai senti que Lettie me tenait toujours la main.

Je retenais mon souffle.

Je l'ai retenu jusqu'à ce que je ne puisse plus le faire, puis j'ai laissé l'air s'échapper dans un flot de bulles et j'ai aspiré une goulée, m'attendant à étouffer, à m'étrangler, à mourir.

Je ne me suis pas étouffé. J'ai senti la froideur de l'eau – si c'en était vraiment – se déverser dans mon nez et ma gorge, je l'ai sentie me remplir les poumons, mais elle s'est bornée à cela. Elle ne m'a fait aucun mal.

J'ai pensé : *C'est une sorte d'eau qu'on peut respirer.* J'ai pensé : *Peut-être qu'il y a un secret, pour respirer dans l'eau, quelque chose de tellement simple que tout le monde en serait capable, si on savait.* Voilà ce que j'ai pensé.

Voilà ce que j'ai pensé en premier.

Ce que j'ai pensé ensuite, c'est que je savais tout. L'océan de Lettie Hempstock coulait en moi, et il emplissait l'univers entier, d'œuf en Rose. Cela, je le savais. Je savais ce qu'était œuf – où l'univers a commencé, au son de voix incréées qui chantaient dans le néant – et je savais où se trouvait Rose – le froncement particulier de l'espace sur l'espace dans des dimensions qui se replient comme de l'origami et s'épanouissent comme d'étranges orchidées, et qui marquerait l'ultime bon moment avant l'inéluctable fin de tout et le prochain Big Bang qui, je le savais à présent, ne serait rien de tel.

J'ai su que la vieille Mme Hempstock serait présente pour celui-là, comme elle l'avait été pour le dernier.

J'ai vu le monde que j'avais parcouru depuis ma naissance et j'ai compris combien il était fragile, que la réalité que je connaissais était une fine couche de glaçage sur un grand gâteau d'anniversaire ténébreux qui grouillait d'asticots, de cauchemars et de faims. J'ai vu le monde par en haut et par en bas. J'ai vu qu'existaient des schémas directeurs, des portes et des chemins au-delà du réel. J'ai vu toutes ces choses et je les ai comprises, et elles m'ont empli, exactement comme les eaux de l'océan m'emplissaient.

Tout chuchotait à l'intérieur de moi. Tout dialoguait avec tout, et je savais tout.

J'ai ouvert les yeux, curieux d'apprendre ce que je verrais dans le monde à l'extérieur de moi, si ce serait comparable au monde à l'intérieur.

J'étais suspendu sous l'eau, dans les profondeurs.

J'ai baissé les yeux et le monde bleu au-dessous de moi se prolongeait vers les ténèbres. Je les ai levés, et le monde au-dessus en faisait de même. Rien ne m'entraînait plus profond, rien ne me forçait vers la surface.

J'ai tourné la tête, un peu, pour la regarder, parce qu'elle me tenait toujours par la main, jamais elle ne m'a lâché la main, et j'ai vu Lettie Hempstock.

Au début, je ne pense pas que j'ai su ce que je voyais. Ça n'avait aucun sens pour moi. Alors qu'Ursula Monkton avait été composée d'une étoffe grise qui claquait, battait et enflait dans les vents d'orage, Lettie Hempstock était formée de pans de soie couleur de glace, garnis de minuscules flammes de bougie qui clignotaient, cent fois cent flammes de bougie.

Pouvait-il exister des flammes de chandelles qui brûlaient sous l'eau ? Absolument. Je savais cela, quand j'étais dans l'océan, et je savais même comment. Je le comprenais, tout comme je comprenais la Matière noire, ce tissu de l'univers qui constitue tout ce qui doit se trouver là, mais que nous n'arrivons pas à localiser. Je me suis surpris à considérer un océan qui court sous la totalité de l'univers, comme l'eau de mer obscure qui clapote entre les lattes de bois d'un vieux ponton : un océan qui s'étire d'une éternité à l'autre et demeure encore assez petit pour loger dans un seau, si vous avez la vieille Mme Hempstock pour vous aider à l'y faire entrer, et si vous demandez poliment.

Lettie Hempstock ressemblait à de la soie pâle et des flammes de bougie. Je me suis demandé quel aspect j'avais pour elle, en ce lieu, et j'ai su que, même en un endroit qui n'était que connaissance, c'était la seule chose que je ne pouvais pas connaître. Qu'en regardant vers l'intérieur je ne verrais que des miroirs à l'infini, qui plongeaient leur regard en moi pour l'éternité.

La soie garnie de flammes a alors bougé, un genre de mouvement lent, gracieux, sous-marin. Le courant l'a entraînée, et elle a eu à présent des bras, et la main qui n'avait jamais lâché la mienne, et un corps, un visage taché de son qui était familier, et elle a ouvert la bouche et, avec la voix de Lettie Hempstock, elle a déclaré : « Je regrette vraiment.

— Pourquoi ? »

Elle n'a pas répondu. Les courants de l'océan entraînaient mes cheveux et mes vêtements comme des brises d'été. Je n'avais plus froid et je savais tout, je n'avais pas faim et tout ce monde immense et compliqué était simple, intelligible et aisé à déverrouiller. J'allais demeurer ici tout le reste du temps, dans l'océan qui était l'univers qui était l'âme qui était tout ce qui importait. J'allais demeurer ici à jamais.

« Tu peux pas, m'a dit Lettie. Ça te détruirait. »

J'ai ouvert la bouche pour lui dire que rien ne pouvait me tuer, pas maintenant, mais elle a repris : « Pas te tuer. Te détruire. Te dissoudre. Ici, tu mourrais pas, rien meurt jamais ici, mais si tu restais trop longtemps, au bout d'un moment un petit peu de toi existerait partout, complètement dispersé. Et c'est pas une bonne chose. Jamais assez de toi assemblé en un seul point, si bien qu'il resterait rien qui puisse se considérer comme un "je". Plus aucun point de vue, parce que tu serais une séquence infinie de vues et de points... »

J'allais la contredire. Elle avait tort, obligatoirement : j'adorais ce lieu, cet état, cette sensation, et jamais je ne le quitterais.

Et puis, ma tête a crevé la surface et j'ai cligné des yeux, toussé, et j'étais debout, enfoncé jusqu'aux cuisses dans la mare derrière la ferme Hempstock, et Lettie Hempstock était debout à côté de moi, me tenant la main.

J'ai toussé de nouveau, et j'ai eu la sensation que l'eau s'enfuyait de mon nez, de ma gorge, de mes poumons. J'ai happé de l'air pur dans ma poitrine, au clair de l'énorme pleine lune des moissons qui brillait sur le toit de tuiles rouges des Hempstock et, l'espace d'un instant final, parfait, je savais encore tout : je me souviens que je savais comment s'arranger pour que la lune soit pleine quand vous en aviez besoin, et qu'elle brille juste à l'arrière de la maison, chaque nuit.

Je savais tout, mais Lettie Hempstock me hissait hors de la mare.

Je portais toujours les bizarres habits démodés qu'on m'avait donnés ce matin-là et, en sortant de la mare pour grimper sur l'herbe qui la bordait, j'ai découvert qu'à présent mes vêtements et ma peau étaient parfaitement secs. L'océan avait réintégré la mare, et le seul savoir qui me restait, comme si je m'éveillais d'un rêve par un jour d'été, était que, il y avait peu de temps encore, j'avais tout su.

J'ai regardé Lettie au clair de lune. « C'est comme ça que c'est, pour toi ?

— Comme ça qu'est *quoi*, pour moi ?

— Est-ce que tu sais encore tout, tout le temps ? » Elle a secoué la tête. Elle n'a pas souri. Elle a dit : « Ce serait barbant, de tout savoir. Il faut renoncer à tous ces machins si on doit traînailler par ici.

— Alors, tu *savais* tout, avant ? »

Elle a froncé le nez. « Comme tout le monde. Je te l'ai dit. Savoir comment les choses fonctionnent a rien de spécial. Et faut vraiment renoncer à tout si on veut jouer.

— Jouer à *quoi* ?

— À ça », a-t-elle répondu. Elle a englobé d'un geste la maison, le ciel, l'impossible pleine lune et les écheveaux, les écharpes et les constellations d'étoiles vives.

J'aurais voulu savoir ce qu'elle voulait dire. On aurait cru qu'elle parlait d'un rêve que nous avions partagé. Pendant un instant, il a été si proche dans ma tête que j'aurais presque pu le toucher.

« Tu dois avoir drôlement faim », a dit Lettie, et l'instant s'est brisé, et oui, j'avais drôlement faim, et la fringale s'est emparée de ma tête et a avalé les vestiges de mes rêves.

Il y avait une assiette qui m'attendait à ma place à table dans l'énorme cuisine de la ferme. Dedans était disposée une portion de hachis parmentier, la purée d'un brun doré sur le dessus, le hachis, les légumes et la sauce au-dessous. Manger en dehors de chez moi m'intimidait, je craignais d'être tenté de laisser de la nourriture si je ne l'aimais pas et de me faire gronder, ou d'être obligé de rester à table et de l'avaler par portions minuscules jusqu'à ce qu'il n'en reste plus, comme ça m'arrivait à l'école, mais chez les Hempstock la nourriture était toujours parfaite. Elle ne me faisait pas peur.

Ginnie Hempstock était là, s'activant dans son tablier, rondelette et accueillante. J'ai mangé sans parler, tête baissée, enfournant dans ma bouche cette nourriture bienvenue. La femme et la fillette dialoguaient à voix basse, sur un ton pressant.

« Elles vont pas tarder à arriver ici, a dit Lettie. Elles sont pas idiotes. Et elles s'en iront pas tant qu'elles se seront pas emparées du dernier petit bout de ce qu'elles sont venues chercher. »

Sa mère a reniflé avec dédain. Ses joues rouges étaient avivées par la chaleur du feu de la cuisine. « Balivernes, a-t-elle dit. Elles sont toutes que de la gueule, voilà. »

Je n'avais jamais entendu l'expression auparavant, et j'ai cru qu'elle nous disait que les créatures n'étaient que des gueules et rien d'autre. Il ne paraissait pas invraisemblable que les ombres soient seulement des bouches, en vérité. Je les avais vues engloutir la créature grise qui s'était appelée Ursula Monkton.

Ma grand-mère m'enguirlandait quand je mangeais comme une bête sauvage. « Tu dois *essen*, manger, me disait-elle, comme une personne, pas comme un *chazzer*, un cochon. Quand les animaux mangent, ils *fressen*. Les gens *essen*. Mange comme une personne. » *Fressen* : voilà comment les oiseaux voraces s'étaient emparés d'Ursula Monkton et ce serait également ainsi, je n'en doutais pas, qu'ils me dévoreraient.

« J'en ai jamais vu autant, a dit Lettie. Lorsqu'elles venaient ici, dans le temps, il y en avait juste une poignée. »

Ginnie m'a versé un verre d'eau. « C'est de ta faute, a-t-elle dit à Lettie. Tu as placé des signaux, et tu les as appelées. C'est comme si tu avais sonné la cloche du dîner, voilà. C'est pas surprenant qu'elles soient toutes venues.

— Je voulais juste m'assurer qu'elle s'en irait, *elle*.

— Les puces », a maugréé Ginnie et elle a secoué la tête. « Elles sont comme des poulets qui s'échappent du poulailler, et qui sont si fiers d'eux et si bouffis d'orgueil de pouvoir manger tous les vers, les scarabées et les chenilles qu'ils veulent, qu'ils pensent jamais aux renards. » Elle a remué la crème qui cuisait sur le fourneau, avec une longue cuillère en bois et de grands mouvements irrités. « Enfin, bon, on a des renards à présent. Et on va tous les renvoyer chez eux ; comme on l'a fait les dernières fois qu'ils sont venus renifler partout. On l'a déjà fait, oui ou non ?

— Pas exactement, a répondu Lettie. Soit on renvoyait la puce chez elle, et les vermines avaient plus aucune raison de s'attarder, comme pour la puce dans la cave, au temps de Cromwell. Soit les vermines venaient, prenaient ce pour quoi elles étaient venues et ensuite, elles s'en allaient. Comme avec la grosse puce qui exauçait les rêves des gens, au temps de Rufus le Roux. Elles l'ont prise et elles ont levé le camp. On a jamais dû se débarrasser d'elles, avant. »

Sa mère a haussé les épaules. « Tout ça revient au même. On va simplement les renvoyer d'où elles viennent.

— Et d'où est-ce qu'elles viennent ? » a demandé Lettie.

J'avais ralenti, à présent, et je faisais durer les dernières bouchées de mon hachis parmentier le plus longtemps possible, les poussant lentement autour de mon assiette avec ma fourchette.

« Ça a pas d'importance, a dit Ginnie. Elles finissent toujours par repartir. Sans doute parce qu'elles se lassent d'attendre.

— J'ai essayé de les houspiller, a expliqué Lettie sur un ton pragmatique. Impossible d'avoir des résultats. Je les ai retenues avec un dôme de protection, mais il aurait plus duré tellement longtemps. On est tranquilles, ici, évidemment – rien peut entrer dans la ferme sans notre accord.

— Entrer *ou* sortir », a précisé Ginnie. Elle a débarrassé mon assiette vide, l'a remplacée par un bol contenant une tranche fumante de pudding aux fruits confits avec une épaisse crème anglaise jaune versée par-dessus.

Je l'ai mangée avec joie.

L'enfance ne me manque pas, mais me manque cette façon que j'avais de prendre plaisir aux petites choses, alors même que de plus vastes s'effondraient. Je ne pouvais pas contrôler le monde où je vivais, garder mes distances avec les choses, les gens ou les moments qui faisaient mal, mais je puisais de la joie dans les choses qui me rendaient heureux. La crème anglaise était sucrée et onctueuse dans ma bouche, les groseilles noires du pudding, acidulées dans l'épaisseur molle et fade du gâteau. Peut-être que je mourrais cette nuit-là, peut-être que je ne rentrerais jamais chez moi, mais c'était un bon repas, et j'avais foi en Lettie Hempstock.

Le monde extérieur à la cuisine attendait toujours. Le chat couleur de brouillard des Hempstock – je ne crois pas avoir jamais su son nom – a traversé la cuisine sur des pattes de velours. Ce qui m'a rappelé…

« Madame Hempstock ? La petite chatte est toujours là ? Le chaton noir avec l'oreille blanche ?

— Pas ce soir, m'a répondu Ginnie Hempstock. Elle se promène. Elle a dormi sur la chaise du vestibule tout l'après-midi. »

J'aurais voulu caresser sa fourrure douce. Je voulais, ai-je compris, lui dire adieu.

« Heu. Je suppose. S'il faut *vraiment*. Que je meure. Ce soir », ai-je commencé à dire, par saccades, sans très bien savoir où j'allais. Je me préparais à leur demander quelque chose, j'imagine – qu'elles fassent mes adieux à ma maman et à mon papa, ou qu'elles expliquent à ma sœur que ce n'était pas juste qu'il ne lui arrive jamais rien de mal : qu'elle menait une vie bénie, tranquille et protégée, alors que je basculais sans cesse dans les catastrophes. Mais rien ne semblait convenir, et j'ai été soulagé que Ginnie m'interrompe.

« Personne mourra ce soir », a-t-elle déclaré d'un ton ferme. Elle a pris mon bol vide et l'a lavé dans l'évier, puis elle s'est séché les mains sur son tablier. Elle l'a retiré, est allée dans le couloir pour revenir quelques instants plus tard, vêtue d'un simple manteau marron et d'une paire de grandes bottes en caoutchouc vert bouteille.

Lettie paraissait moins assurée que Ginnie. Mais Lettie, en dépit de tout son âge et de sa sagesse, était une fillette, tandis que Ginnie était une adulte, et sa confiance m'a rassuré. J'avais foi en elles deux.

« Où est la vieille Mme Hempstock ? ai-je demandé.

— Elle se repose, a dit Ginnie. Elle est plus aussi jeune que dans le temps.

— Mais quel âge elle a ? » me suis-je enquis, sans attendre de réponse. Ginnie s'est contentée de sourire, et Lettie a haussé les épaules.

Je tenais la main de Lettie quand nous avons quitté la ferme, me promettant que cette fois-ci, je ne la lâcherais pas.

XIV

Lorsque j'étais entré dans la ferme, par la porte de derrière, la lune était pleine et la nuit d'été, parfaite. En m'en allant, je suis sorti avec Lettie Hempstock et sa mère par la porte de devant ; la lune posait un fin sourire blanc, haut dans un ciel nuageux, et la nuit était parcourue de brusques brises printanières, indécises, tantôt venues d'une direction, tantôt d'une autre ; de temps en temps, une bourrasque de vent était chargée d'un saupoudrage de pluie qui ne dépassait jamais ce stade.

Nous avons traversé la cour de la ferme qui puait le fumier, et remonté le chemin. Nous avons dépassé un coude de la route et nous nous sommes arrêtés. Malgré l'obscurité, je savais exactement où je me trouvais. C'était ici que tout avait commencé. Le coin où le prospecteur d'opales avait garé la Mini blanche de ma famille, l'endroit où il était mort tout seul, le visage couleur jus de grenade, torturé par son argent perdu, aux confins des terres des Hempstock où les barrières entre la vie et la mort étaient minces.

« Je crois qu'on devrait réveiller la vieille Mme Hempstock, ai-je suggéré.

— Ça marche pas comme ça, m'a répondu Lettie. Quand elle est fatiguée, elle dort jusqu'à ce qu'elle se réveille toute seule. Quelques minutes ou cent ans. Impossible de la sortir de son sommeil. Autant essayer de réveiller une bombe atomique. »

Ginnie Hempstock s'est plantée au milieu du chemin, le dos tourné à la ferme.

« Très bien ! a-t-elle crié à la nuit. À vous, maintenant. »

Rien. Un souffle humide qui s'est levé puis est retombé.

« P't-êt' qu'elles sont toutes rentrées chez elles… ? a hasardé Lettie.

— Ça serait bien, qu'elles l'aient fait, a dit Ginnie. Toutes ces histoires, ces bêtises. »

Je me sentais coupable. C'était, je le savais, ma faute. Si j'avais tenu la main de Lettie, rien de tout ceci ne serait arrivé. Ursula Monkton, les oiseaux voraces, j'étais sans aucun doute responsable de ces créatures. Même de ce qui était arrivé – ou, désormais, peut-être, n'était plus arrivé – dans la baignoire d'eau froide, la nuit précédente.

Une pensée m'est venue.

« Est-ce que vous pouvez pas simplement le découper ? Le machin dans mon cœur, ce qu'elles veulent ? Peut-être que vous pourriez le découper, comme ta grand-mère a retaillé des choses, la nuit dernière ? »

Lettie m'a pressé la main, dans le noir.

« Peut-être que Mémé en serait capable, si elle était là, m'a-t-elle dit. Moi, je peux pas. Je crois pas que Maman sache faire, non plus. C'est vraiment dur, de découper des choses hors du temps : il faut bien s'assurer que les bords correspondent, et même Mémé réussit pas toujours. Je crois pas que Mémé pourrait l'enlever de toi sans te blesser au cœur. Et t'en as besoin, de ton cœur. » Puis elle a ajouté : « Elles arrivent. »

Mais je savais qu'il se passait quelque chose, je l'avais su avant qu'elle ait dit quoi que ce soit. Pour la deuxième fois j'ai vu le sol se mettre à briller d'une lumière dorée ; j'ai regardé les arbres et l'herbe, les haies et les bosquets de saules, et les dernières jonquilles éparses commencer à luire d'une demi-clarté ambrée. J'ai regardé autour de moi, moitié par peur, moitié par émerveillement, et j'ai observé que la lumière flamboyait tout particulièrement derrière la maison, vers l'ouest, à l'endroit où se situait la mare.

J'ai entendu le battement de grandes ailes, et une série de chocs sourds. Je me suis retourné et je les ai vus : les vautours du vide, les charognards, les oiseaux voraces.

Ce n'étaient plus des ombres, pas ici, pas en ce lieu. Ils n'étaient que trop réels, et ils se sont posés dans les ténèbres, juste au-delà du halo doré du sol. Ils se sont posés dans l'air et dans les arbres, et se sont avancés en se dandinant, aussi près qu'ils le pouvaient des terres dorées de la ferme des Hempstock. Ils étaient énormes – chacun d'eux bien plus volumineux que moi.

J'aurais été bien embarrassé pour décrire leur visage, néanmoins. Je les voyais, je les regardais, je pouvais absorber chaque trait, mais à l'instant où je détachais mes yeux, ils disparaissaient, et je n'avais rien en tête à la place des oiseaux voraces, sinon des becs et des serres qui déchiraient, un grouillement de tentacules, ou des mandibules velues et chitineuses. Je ne pouvais pas garder à l'esprit leur apparence véritable. Dès que je me détournais, il ne me restait dans la tête que deux notions : qu'ils me regardaient directement, et qu'ils étaient affamés.

« Très bien, mes toutes belles », a déclaré Ginnie, à haute voix. Elle avait calé les poings sur les hanches de son manteau marron. « Vous pouvez pas rester ici. Vous le savez. Il est temps de se mettre en route. » Et elle a simplement ajouté : « Filez. »

Ils ont remué, mais sans bouger pour autant, ces innombrables oiseaux voraces, et se sont mis à bruire. J'ai pensé qu'ils chuchotaient entre eux, puis il m'est apparu que ce bruit qu'ils produisaient était un gloussement amusé.

J'ai entendu leurs voix, distinctes mais entre-mêlées, si bien que je ne pouvais discerner quelle créature parlait.

— *Nous sommes les oiseaux voraces. Nous avons dévoré des palais et des mondes, des rois et des étoiles. Nous pouvons rester partout où que nous le désirons.*

— *Nous accomplissons notre fonction.*

— *Nous sommes nécessaires.*

Et ils ont ri si fort qu'on aurait cru le bruit d'un train qui approchait. J'ai pressé la main de Lettie, et elle m'a rendu la pression.

— *Donnez-nous le petit.*

Ginnie a dit : « Vous perdez votre temps, et vous me faites perdre le mien. Rentrez chez vous. »

— *Nous avons été appelés ici. Nous n'avons aucun besoin de partir avant d'avoir exécuté ce pour quoi nous sommes venus. Nous rétablissons les choses en l'état qu'elles sont censées avoir. Voudrais-tu nous dépouiller de notre fonction ?*

« Évidemment, oui, a dit Ginnie. Vous avez eu votre repas. À présent, vous embêtez le monde, c'est tout. Fichez-moi le camp. Saletés de vermines. Je donnerais pas deux pence de vous tous. Rentrez chez vous ! » Et elle a secoué le poignet en un geste de congé.

Une des créatures a clamé sa fringale et sa frustration en une longue déploration.

La prise de Lettie sur ma main était ferme. « Il est placé sous notre protection, a-t-elle déclaré. Il se trouve sur nos terres. Un pas sur nos terres, et c'en est fini de vous. Alors, partez. »

Les créatures ont paru serrer les rangs. Le silence régnait dans la nuit du Sussex : rien que le froissement des feuilles sous le vent, rien que l'appel d'une hulotte au loin, rien que le soupir de la brise qui passait ; mais dans ce silence j'entendais les oiseaux voraces conférer, jauger leurs options, calculer leur stratégie. Et dans ce silence, je sentais leurs yeux sur moi.

Quelque chose dans un arbre a battu de ses ailes immenses et poussé un cri, un hurlement qui combinait triomphe et plaisir, une proclamation emphatique de faim et de joie. J'ai senti quelque chose dans mon cœur réagir à ce cri, comme un infime éclat de glace à l'intérieur de ma poitrine.

— *Nous ne pouvons pas franchir la frontière. Cela est vrai. Nous ne pouvons pas prendre l'enfant sur vos terres. Cela est vrai aussi. Nous ne pouvons faire aucun mal à votre ferme ou à vos créatures…*

« C'est exact. Vous pouvez pas. Alors, fichez-moi le camp ! Rentrez chez vous. Vous avez pas une guerre qui attend votre retour, là-bas ? »

— *Nous ne pouvons faire aucun mal à votre monde, c'est vrai.*

— *Mais nous pouvons en faire à celui-ci.*

Un des oiseaux voraces a plongé un bec acéré dans le sol à ses pieds, et commencé à le déchiqueter – pas de la façon dont une créature se nourrit de terre et d'herbe, mais comme s'il se repaissait d'un rideau ou d'un élément de décor sur lequel était peint le monde. Aux endroits où il dévorait l'herbe, rien ne subsistait – un néant parfait, rien qu'une couleur qui m'évoquait le gris, mais un gris amorphe, turbulent comme la danse de la neige sur notre écran de télévision quand on débranchait la prise de l'antenne et que l'image disparaissait totalement.

C'était le vide. Pas le noir, pas le néant. C'était ce qui sous-tendait la fine couche de peinture sur la trame de la réalité.

Et les oiseaux voraces ont commencé à battre des ailes et à s'assembler.

Ils se sont posés sur un chêne gigantesque et l'ont déchiré et englouti, et en quelques instants le chêne a disparu, en même temps que tout se qui s'était trouvé derrière lui.

Un renard s'est coulé hors d'une haie et a filé le long du chemin, ses yeux, son masque et son panache illuminés d'or par la clarté de la ferme. Avant d'avoir traversé la moitié de la route, il avait été arraché au monde, et il n'y avait que du vide derrière lui.

« Comme il a dit tout à l'heure, a dit Lettie. On doit réveiller Mémé.

— Ça va pas lui plaire, a répondu Ginnie. Autant essayer de réveiller une…

— Ça fait rien. Si on la réveille pas, ils vont détruire toute cette création.

— Je sais pas *comment* faire », a simplement dit Ginnie.

Un vol d'oiseaux voraces s'est élevé jusqu'à un pan de ciel nocturne où l'on pouvait apercevoir des étoiles par les trous entre les nuages, et ils ont happé une constellation en forme de cerf-volant que j'aurais été incapable de nommer, et griffé, déchiré, gobé et avalé. En une poignée de battements de cœur, à la place qu'avaient occupée la constellation et le ciel, il n'y avait plus qu'un néant qui palpitait et me blessait les yeux si je le regardais en face.

J'étais un enfant normal. C'est-à-dire que j'étais égoïste, que je n'étais pas entièrement convaincu de l'existence de ce qui n'était pas moi, et que j'étais certain, avec une conviction inébranlable, ferme comme le roc, que j'étais l'élément le plus important de la création. Rien n'avait pour moi plus d'importance que moi.

Quand bien même, j'ai compris ce que je voyais. Les oiseaux voraces allaient – non, ils étaient *déjà* à l'œuvre – déchirer le monde, et le réduire à néant. Très bientôt, il n'y aurait plus de monde. Ma mère, mon père, ma sœur, ma maison, mes copains d'école, ma ville, mes grands-parents, Londres, le Muséum d'histoire naturelle, la France, la télévision, les livres, l'Égypte ancienne – à cause de moi, tout cela allait disparaître, et il n'y aurait rien, à leur place.

Je ne voulais pas mourir. Plus encore : je ne voulais pas mourir comme avait péri Ursula Monkton, lacéré par les serres et les becs de créatures qui n'avaient peut-être ni pattes ni visage.

Je n'avais pas du tout envie de mourir. Comprenez-le bien.

Mais je ne pouvais pas laisser tout détruire, alors que j'avais le pouvoir d'arrêter cette destruction.

J'ai lâché la main de Lettie Hempstock et j'ai couru, aussi vite que j'ai pu, conscient qu'hésiter, voire ralentir, équivaudrait à changer d'avis, ce qui serait ce que je pouvais faire de pire, c'est-à-dire me sauver la vie.

Jusqu'où est-ce que j'ai couru ? Pas loin, je suppose, en termes concrets.

Lettie Hempstock me criait de m'arrêter, mais j'ai continué à courir, traversant les terres de la ferme, où chaque brin d'herbe, chaque caillou du chemin, chaque saule et chaque haie de noisetiers luisaient d'or et j'ai couru vers les ténèbres au-delà des terres des Hempstock. J'ai couru et je me suis détesté de courir, comme je m'étais détesté la fois où j'avais sauté du plus haut plongeoir à la piscine. Je savais qu'il n'y avait aucun retour possible, aucune façon que tout cela se termine autrement que dans la douleur, et je savais que j'étais prêt à donner ma vie en échange du monde.

Ils ont pris leur essor, les oiseaux voraces, tandis que je courais vers eux, comme les pigeons s'envolent lorsque vous vous ruez sur eux. Ils ont tournoyé et décrit un cercle, des ombres profondes dans le noir.

Je suis resté planté là, dans les ténèbres, et j'ai attendu qu'ils fondent sur moi. J'ai attendu que leurs becs me déchirent la poitrine, et qu'ils me dévorent le cœur.

Je suis resté planté là peut-être le temps de deux battements de cœur, et cela a ressemblé à une éternité.

C'est arrivé.

Quelque chose m'a percuté par-derrière et m'a projeté dans la boue sur le bord du chemin, la tête la première. J'ai vu des explosions de lumière qui n'étaient pas là. Le sol m'a frappé au ventre, et j'ai eu le souffle coupé.

(Ici monte un souvenir fantôme ; le spectre d'un moment, un reflet troublé sur l'étang des souvenirs. Je sais ce que j'aurais ressenti lorsque les charognards se seraient emparés de mon cœur. Ce que j'ai ressenti quand les oiseaux voraces, tout en gueule, m'ont déchiqueté la poitrine et emporté le cœur, encore palpitant, et l'ont dévoré pour atteindre ce qui se cachait à l'intérieur. Je sais ce que l'on éprouve, comme si cela faisait réellement partie intégrante de ma vie, de ma mort. Et puis, le souvenir se découpe et s'arrache, proprement, et…)

Une voix a dit : « Idiot ! Bouge pas. Surtout, bouge pas », et c'était celle de Lettie Hempstock. Je n'aurais pas pu bouger, même si j'avais voulu. Elle était juchée sur moi, plus lourde que moi, elle me plaquait au sol, visage en avant, dans l'herbe et la terre humide, et je ne voyais rien.

Mais je les ai sentis.

Je les ai sentis la percuter. Elle me maintenait couché, se dressant comme une barrière entre moi et le monde.

J'ai entendu la voix de Lettie pousser une plainte de douleur.

Je l'ai sentie frémir et tressauter.

Il y a eu des cris affreux de triomphe et de faim, et j'ai entendu ma propre voix pleurnicher et sangloter, si forte dans mes oreilles...

Une voix a déclaré : « C'est inacceptable. »

Une voix familière, mais pourtant, je n'arrivais pas à la situer, ni à bouger pour voir qui parlait.

Lettie était juchée sur moi, frémissant toujours, mais quand la voix a parlé, elle a cessé de bouger. La voix a poursuivi : « De quelle autorité faites-vous du mal à mon enfant ? »

Un silence. Puis :

— *Elle se tenait entre nous et notre proie légitime.*

« Vous êtes des charognards. Des mangeurs de déchets, de rebuts et d'ordures. Vous êtes des nettoyeurs. Vous croyez que vous pouvez faire du mal à ma famille ? »

J'ai su qui parlait. La voix ressemblait à celle de la mémé de Lettie, celle de la vieille Mme Hempstock. Ressemblante, je le savais, et cependant si dissemblable. Si la vieille Mme Hempstock avait été une impératrice, elle aurait pu s'exprimer ainsi, d'une voix plus affectée, plus officielle, et néanmoins plus musicale que la voix de vieille dame que je connaissais.

Quelque chose d'humide et de chaud me trempait le dos.

— *Non... non, Madame.*

C'était la première fois que j'entendais de la crainte ou du doute dans la voix d'un des oiseaux voraces.

« Il y a des pactes, il y a des lois, et il y a des traités, et vous les avez tous violés. »

Un silence, alors, et il a été plus sonore que n'auraient pu l'être des mots. Ils n'avaient rien à répondre.

J'ai senti qu'on faisait rouler le corps de Lettie pour dégager le mien, et j'ai levé la tête pour voir le visage plein de bon sens de Ginnie Hempstock. Elle s'est assise par terre au bord de la route et j'ai enfoui ma figure dans sa poitrine. Elle m'a accueilli dans un bras, et sa fille dans l'autre.

Depuis les ombres, un oiseau vorace a parlé, d'une voix qui n'en était pas une, et il a simplement dit :

— *Nous vous présentons nos regrets.*

« Regrets ? » Le mot a été craché, pas prononcé.

Ginnie Hempstock oscillait d'un côté à l'autre, chantonnant d'une voix basse et inarticulée, pour moi et pour sa fille. Ses bras m'entouraient. J'ai levé la tête pour la tourner de nouveau vers la personne qui parlait, ma vision brouillée par les larmes.

Je l'ai contemplée.

C'était la vieille Mme Hempstock, je suppose. Et pourtant, non. C'était la mémé de Lettie au même sens que…

Je veux dire…

Elle irradiait une lumière d'argent. Elle avait toujours des cheveux longs, toujours blancs, mais à présent elle se tenait aussi haute et droite qu'une adolescente. Mes yeux s'étaient trop accommodés à l'obscurité, et je n'ai pu regarder son visage pour savoir si c'était celui qui m'était familier : il était trop éclatant. Éclatant comme un feu de magnésium. Éclatant comme la Nuit des feux d'artifice. Éclatant comme le soleil de midi reflété sur une pièce d'argent.

Je l'ai contemplée aussi longtemps que j'ai pu soutenir sa vue, et puis j'ai détourné la tête, serrant les paupières avec énergie, incapable de voir autre chose qu'une image rémanente qui palpitait.

La voix qui ressemblait à celle de la vieille Mme Hempstock a dit : « Vais-je vous enchaîner, créatures, au cœur d'une étoile noire, pour que vous éprouviez votre douleur en un lieu où chaque fraction d'instant dure un millier d'années ? Vais-je invoquer les pactes de la Création, et vous faire retirer de la liste des choses créées, afin que n'aient jamais existé d'oiseaux voraces, et que tout ce qui souhaite s'aventurer de monde en monde puisse agir en toute impunité ? »

J'ai tendu l'oreille pour guetter une réponse, mais je n'ai rien entendu. Rien qu'un geignement, un piaulement de douleur ou de frustration.

« J'en ai terminé avec vous. Je m'occuperai de vous en temps et en heure, et à ma façon. Pour le moment, je dois m'occuper des enfants. »

— *Oui, Madame.*

— *Merci, Madame.*

« Pas si vite. Personne n'ira nulle part tant que vous n'aurez pas remis toutes ces choses en l'état où elles étaient. Boôtes manque, au firmament. Il y a un chêne qui a disparu, et un renard. Remettez-les tous en place, comme ils étaient. » Et puis, l'impératrice argentée a ajouté, d'une voix qui, en cet instant, était aussi, sans erreur possible, celle de la vieille Mme Hempstock : « *Vermines.* »

Quelqu'un fredonnait un air. J'ai compris, comme de très loin, que c'était moi, au moment même où je me souvenais de ce qu'était cet air : la comptine « Venez jouer, filles et garçons ».

... La lune resplendit, claire comme le jour.
Posez donc le dîner, oubliez le rôti,

Rejoignez vos amis pour jouer dans la rue.
Venez donc et criez, venez donc et chantez.
Venez avec grand cœur ou jamais ne venez…

Je me suis accroché à Ginnie Hempstock. Elle avait une odeur de ferme et de cuisine, comme les animaux, et la nourriture. Elle avait une odeur très réelle, et le sentiment du réel était ce dont j'avais le plus besoin à ce moment-là.

J'ai tendu la main, touché avec circonspection l'épaule de Lettie. Elle n'a ni bougé ni réagi.

Ginnie a alors pris la parole et je n'ai pas su au début si elle parlait pour elle, pour Lettie, ou pour moi. « Elles ont outrepassé leurs limites, disait-elle. Elles auraient pu te faire du mal, petit, et ça aurait rien signifié. Elles auraient pu faire du mal à ce monde sans qu'on dise rien – après tout, c'est qu'un monde, et ce sont des grains de sable dans le désert, les mondes. Mais Lettie, c'est une Hempstock. Elle se situe en dehors de leur juridiction, ma petite. Et ils y ont fait du mal. »

J'ai regardé Lettie. Sa tête avait ballé vers le bas, cachant sa figure. Elle avait les yeux clos.

« Est-ce qu'elle va s'en remettre ? » ai-je demandé.

Ginnie n'a pas répondu, elle nous a simplement serrés tous les deux plus fort contre son sein, et nous a bercés, en fredonnant une chanson sans paroles.

La ferme et ses terrains ne resplendissaient plus de leur lueur dorée. Je ne sentais plus rien m'observer dans les ombres, désormais.

« T'inquiète pas », a dit une voix âgée, désormais redevenue familière. « T'es sorti de l'auberge. Elle existe même plus, l'auberge. Elles sont parties.

— Elles reviendront, ai-je protesté. Elles veulent mon cœur.

— Pour tout l'or du monde, jamais elles reviendraient dans cet univers, a assuré la vieille Mme Hempstock. Non qu'elles auraient grand-chose à faire de l'or – ou du monde – pas plus qu'en aurait un corbeau. »

Pourquoi avais-je cru qu'elle était vêtue d'argent ? Elle portait une robe de chambre grise maintes fois reprisée par-dessus ce qui avait dû être une chemise de nuit, mais une chemise de nuit d'un modèle qui n'était plus à la mode depuis plusieurs centaines d'années.

La vieille femme a posé une main sur le front pâle de sa petite-fille, l'a soulevé, puis relâché.

La mère de Lettie a secoué la tête. « C'est fini », a-t-elle dit.

J'ai alors compris, enfin, et je me suis senti bête de ne pas avoir compris plus tôt. La fillette à côté de moi, sur les genoux de sa mère, contre le sein de sa mère, avait donné sa vie pour moi.

« Elles devaient me faire du mal à moi, pas à elle, ai-je déclaré.

— Y avait aucune raison qu'ils vous prennent, ni l'un ni l'autre », a répliqué la vieille dame en reniflant. J'ai alors ressenti de la culpabilité, une culpabilité qui dépassait tout ce que j'avais jamais éprouvé.

« On devrait la conduire à l'hôpital, ai-je dit, plein d'espoir. On peut appeler un docteur. Peut-être qu'ils pourront la soigner. »

Ginnie a secoué la tête.

« Elle est morte ? ai-je demandé.

— Morte ? » a répété la vieille dame en robe de chambre. Son ton semblait indigné. « Il f'rait bôôôoô voâââr, » a-t-elle ajouté, accentuant certaines voyelles comme si c'était la seule façon de m'impartir la gravité de ses propos. « Comme si une Hempstock se livrerait jâââmais à quelque chôôôse de si… *vulguèèèère…*

— Elle est blessée, a expliqué Ginnie Hempstock en me serrant contre elle. Aussi gravement blessée qu'elle peut l'être. Elle est tellement proche de la mort que ça fera aucune différence si on agit pas, et vite. » Une dernière accolade, alors. « Allez, descends, maintenant. » J'ai quitté à regret son giron, et je me suis mis debout.

Ginnie Hempstock s'est redressée, le corps de sa fille avachi dans ses bras. Lettie pendait, ballottée comme une poupée de chiffons tandis que sa mère se relevait, et je l'ai fixée, choqué au-delà de toute mesure.

« C'était ma faute, ai-je dit. Pardon. Je vous demande pardon.

— Tu voulais bien faire », a répondu la vieille Mme Hempstock ; mais Ginnie Hempstock n'a rien dit. Elle a descendu le chemin en direction de la ferme, et puis elle a tourné derrière le bâtiment de la laiterie. J'aurais pensé que Lettie était trop grande pour qu'on la porte, mais Ginnie la tenait comme si elle ne pesait pas plus qu'un chaton, sa tête et le haut de son corps appuyés contre l'épaule de sa mère, comme une enfant endormie qu'on amène au lit à l'étage. Ginnie l'a portée en suivant le sentier, le long de la haie, vers l'arrière, encore et toujours, jusqu'à ce que nous arrivions à la mare.

Là-derrière, il n'y avait aucun souffle, et la nuit était parfaitement immobile ; notre trajet était éclairé par le clair de lune et rien d'autre ; la mare, quand nous y sommes parvenus, était une simple mare. Aucun halo de lumière dorée. Aucune pleine lune magique. Elle était noire et morne, et la lune, la vraie, le quartier de lune, s'y reflétait.

Je me suis arrêté au bord de la mare, et la vieille Mme Hempstock s'est arrêtée à côté de moi.

Mais Ginnie Hempstock a continué d'avancer.

Elle est entrée en trébuchant dans la mare, jusqu'à ce qu'elle avance avec de l'eau jusqu'aux cuisses, son manteau et sa jupe flottant à la surface au fil de sa progression, brisant le reflet de la lune en dizaines de lunes miniatures qui s'égaillaient et se reformaient derrière elle.

Au centre de la mare, l'eau noire autour des hanches, elle s'est arrêtée. Elle a retiré Lettie de sur son épaule, si bien que le corps de la fillette était soutenu à la tête et aux genoux par les mains efficaces de Ginnie Hempstock ; puis avec lenteur, une lenteur infinie, celle-ci a couché Lettie dans l'eau.

Le corps de la fillette a flotté à la surface de la mare.

Ginnie a reculé d'un pas, puis d'un autre, sans jamais détacher les yeux de sa fille.

J'ai entendu un fracas qui grandissait, comme celui d'un vent énorme qui viendrait vers nous.

Le corps de Lettie s'est agité.

Il n'y avait pas de brise, mais à présent des crêtes blanches dansaient à la surface de la mare. J'ai vu des vagues, d'abord un doux clapotis de vaguelettes, puis de plus grosses lames qui montaient et giflaient le bord de la mare. Un rouleau s'est élevé et brisé près de moi, m'éclaboussant les vêtements et le visage. J'ai senti le goût de l'eau qui humectait mes lèvres, et il était salé.

J'ai chuchoté : « Pardon, Lettie. »

J'aurais dû pouvoir distinguer l'autre bord de la mare. Je le voyais quelques instants plus tôt. Mais les déferlantes l'avaient emporté, et je ne discernais rien au-delà du corps de Lettie qui flottait, sinon la vastitude de l'océan solitaire, et les ténèbres.

Les vagues ont grandi. L'eau a commencé à luire au clair de lune, comme elle l'avait fait lorsqu'elle occupait un seau, luire d'un bleu pâle et parfait. La forme noire sur la surface de l'eau était le corps de la petite fille qui m'avait sauvé la vie.

Des doigts osseux se sont posés sur mon épaule. « Pour quoi demandes-tu pardon, petit ? Pour l'avoir tuée ? »

J'ai hoché la tête, n'ayant pas assez confiance en moi pour parler.

« Elle est pas morte. Tu l'as pas tuée, ni toi ni les oiseaux voraces, même s'ils ont fait de leur mieux pour t'atteindre à travers elle. Elle a été donnée à son océan. Un jour, quand il jugera le temps venu, l'océan la rendra. »

J'ai songé à des cadavres et à des squelettes avec des perles à la place des yeux. J'ai imaginé des sirènes aux queues qui fouettaient l'eau dans leurs déplacements, comme celle de mon poisson rouge avait battu avant qu'il cesse de remuer pour reposer, ventre en l'air, comme Lettie, à la surface de l'eau. J'ai demandé : « Est-ce qu'elle sera pareille ? »

La vieille femme s'est esclaffée, comme si j'avais prononcé la phrase la plus drôle de l'univers. « Rien est jamais pareil, a-t-elle répondu. Que ce soit une seconde, ou cent ans plus tard. Ça bouillonne et ça brasse tout le temps. Et les gens changent autant que les océans. »

Ginnie est sortie de l'eau, et elle est venue se placer sur la berge à côté de moi, la tête inclinée. Les vagues déferlaient, se brisaient, jaillissaient et se retiraient. Il y a eu au loin un grondement qui a pris de plus en plus d'ampleur : quelque chose venait vers nous, à travers l'océan. Arrivée de loin, de centaines et de centaines de milles, elle est apparue : une fine ligne blanche gravée sur le bleu lumineux, et elle grandissait en approchant.

La grande vague est arrivée, et le monde grondait, et j'ai levé les yeux quand elle nous a atteints : elle dépassait en hauteur les arbres, les maisons, tout ce que l'esprit ou les yeux peuvent contenir, ou que le cœur peut suivre.

C'est seulement en atteignant le corps flottant de Lettie Hempstock que l'énorme rouleau s'est abattu. Je m'attendais à être inondé, ou, pire, balayé par les eaux furieuses de l'océan, et j'ai levé le bras pour protéger mon visage.

Il n'y a pas eu d'éclaboussement de déferlantes, de fracas assourdissant, et quand j'ai baissé le bras, je n'ai rien vu d'autre que l'eau noire et tranquille d'une mare la nuit, et il ne flottait rien à sa surface, sauf une poignée de nénuphars et le reflet pensif et incomplet de la lune.

La vieille Mme Hempstock avait disparu, elle aussi. Je la croyais debout à côté de moi, mais il n'y avait que Ginnie, tout près, en train de contempler en silence le miroir obscur de la petite mare.

« Bien, a-t-elle déclaré. Je vais te ramener chez toi. »

XV

Il y avait une Land Rover garée derrière l'étable. Les portières étaient ouvertes et la clé sur le contact. Je me suis assis dans le siège du passager couvert de papier journal et j'ai regardé Ginnie Hempstock tourner la clé. Le moteur a toussoté plusieurs fois avant de démarrer.

Je n'avais pas imaginé une des Hempstock derrière un volant. « Je savais pas que vous aviez une voiture, ai-je dit.

— Y a beaucoup de choses que tu sais pas », a répliqué Mme Hempstock, sur un ton acide. Puis elle m'a jeté un coup d'œil plus aimable et m'a dit : « Tu peux pas tout savoir. » Elle a fait reculer la Land Rover, puis la voiture a avancé en cahotant à travers les ornières et les flaques au fond de la cour de la ferme.

J'avais un souci en tête.

« La vieille Mme Hempstock dit que Lettie est pas vraiment morte, ai-je dit. Mais elle en avait l'air. Je crois qu'elle est vraiment morte. Je pense pas que c'est vrai, qu'elle est pas morte. »

Ginnie a paru sur le point de dire quelque chose sur la nature de la vérité, mais elle s'est bornée à répondre : « Lettie est blessée. Très gravement blessée. L'océan l'a prise. Honnêtement, je sais pas s'il la rendra un jour. Mais on peut toujours espérer, non ?

— Oui. » J'ai serré mes mains en poings, et j'ai espéré aussi fort que je savais le faire.

Nous avons remonté le chemin à vingt-cinq kilomètres/heure en cahotant.

J'ai demandé : « C'était... c'est... vraiment votre fille ? » Je ne savais pas, je ne sais toujours pas, pourquoi je lui ai posé cette question. Peut-être que je voulais simplement en savoir plus long sur la petite fille qui m'avait sauvé la vie, qui m'avait tiré d'affaire plus d'une fois. Je ne savais rien d'elle.

« Plus ou moins, a dit Ginnie. Les Hempstock mâles, mes frères, ils sont partis de par le monde, et ils ont eu des bébés qui ont eu des bébés. Il y a des femmes Hempstock, là-bas dans ton monde, et je pourrais parier que chacune est un phénomène à sa façon. Mais seules Mémé, Lettie et moi sommes les représentantes à l'état pur.

— Elle a pas eu de papa ? ai-je demandé.

— Non.

— Et vous, vous avez eu un papa ?

— Tu es plein de questions, hein ? Non, mon chéri. On a jamais pratiqué ce genre de choses. On a besoin d'hommes que si on a envie de produire d'autres hommes. »

J'ai glissé : « C'est pas nécessaire de me raccompagner chez moi. Je pourrais rester avec vous. Je pourrais attendre que Lettie revienne de l'océan. Je travaillerais sur votre ferme, je porterais des choses et j'apprendrais à conduire un tracteur.

— Non », a-t-elle répondu, mais elle a dit cela gentiment. « Continue donc ta propre vie. Lettie te l'a donnée. Il faut que tu grandisses et que tu essaies d'en être digne. »

Un éclair de ressentiment. Il est déjà assez dur de vivre, d'essayer de survivre dans le monde et d'y trouver sa place, de faire ce qu'il faut pour s'en sortir, sans devoir se demander si ce que vous venez de faire, quoi que ce soit, valait que quelqu'un soit… peut-être pas *mort*, mais au moins qu'elle ait donné sa vie. Ce n'était pas *juste*.

« La vie n'est pas juste », a dit Ginnie, comme si j'avais parlé à voix haute.

Elle a obliqué pour entrer dans notre allée, s'est rangée devant la porte principale. Je suis descendu et elle en a fait autant.

« Autant te faciliter le retour chez toi », a-t-elle dit.

Mme Hempstock a pressé la sonnette, même si la porte n'était jamais fermée à clé, et elle a consciencieusement frotté les semelles de ses bottes en caoutchouc sur le paillasson jusqu'à ce que ma mère vienne ouvrir. Elle était vêtue pour aller au lit et portait sa robe de chambre rose matelassée.

« Le voilà, a annoncé Ginnie. Sain et sauf, le soldat rentré de guerre. Il s'est bien amusé à la fête d'adieu de notre Lettie, mais à présent il est temps que le jeune homme aille se reposer. »

Ma mère est restée sans expression – presque désorientée – et puis un sourire a remplacé sa confusion, comme si le monde venait de se reconfigurer selon un schéma cohérent.

« Oh, il ne fallait pas le raccompagner, a protesté ma mère. L'un de nous serait venu le chercher. » Puis elle a baissé les yeux vers moi. « Qu'est-ce qu'on dit à Mme Hempstock, chéri ? »

Je l'ai récité automatiquement : « Merci-de-m'avoir-accueilli.

— Très bien, mon chou », a dit ma mère. Puis : « Lettie s'en va ?

— En Australie, a répondu Ginnie. Pour être auprès de son père. Ça nous manquera de pas avoir ce petit bonhomme qui vient jouer, mais, ma foi, on vous préviendra dès que Lettie sera de retour. Il pourra revenir jouer, à ce moment-là. »

Je commençais à me sentir fatigué. La fête avait été amusante, même si je n'en avais guère de souvenirs. Mais je savais que je ne retournerais pas rendre visite aux Hempstock. Pas tant que Lettie ne serait pas là.

L'Australie était loin, très loin. Je me suis demandé combien de temps s'écoulerait avant qu'elle ne rentre d'Australie avec son père. Des années, ai-je supposé. L'Australie était à l'autre bout du monde, de l'autre côté de l'océan...

Une petite portion de mon esprit se souvenait d'une séquence d'événements différente, puis il l'a perdue, comme si je m'étais réveillé d'un sommeil confortable, que j'avais regardé autour de moi, tiré les couvertures sur moi et que j'étais reparti vers mon rêve.

Mme Hempstock est remontée dans son antique Land Rover, tellement crottée de boue (je la voyais, à présent, dans la lumière au-dessus de l'entrée) qu'il ne restait presque aucune trace de sa peinture d'origine, et elle l'a fait reculer, en suivant l'allée, vers le chemin.

Ma mère n'a pas paru troublée que je rentre chez moi en tenue de bal masqué à presque onze heures du soir. « J'ai de mauvaises nouvelles, mon chéri, m'a-t-elle annoncé.

— Quoi ?

— Ursula a dû s'en aller. Des problèmes familiaux. Des affaires de famille urgentes. Elle est déjà partie. Je sais combien vous l'aimiez, les enfants. »

Je savais que je ne l'aimais pas, mais je n'ai rien dit.

Personne ne dormait plus dans ma chambre en haut de l'escalier, désormais. Ma mère m'a demandé si je voulais la récupérer quelque temps. J'ai répondu que non, sans savoir pourquoi je refusais. Je ne me souvenais plus pourquoi je détestais tellement Ursula Monkton – en fait, je me sentais vaguement coupable de la détester de façon aussi absolue et aussi irrationnelle – mais je n'avais aucune envie de retourner dans cette chambre, malgré le petit lavabo jaune juste à ma taille, et je suis resté dans la chambre commune jusqu'à ce que notre famille déménage de cette maison, presque une demi-douzaine d'années plus tard (nous les enfants, en protestant ; les adultes, je crois, simplement soulagés que leurs ennuis financiers soient terminés).

La maison a été démolie après notre déménagement. Je n'ai pas voulu aller la voir vide, et j'ai refusé d'assister à sa démolition. Une trop grande part de ma vie était liée à ces briques et à ces tuiles, à ces gouttières et à ces murs.

Des années plus tard, ma sœur, désormais adulte elle-même, m'a confié qu'elle pensait que ma mère avait renvoyé Ursula Monkton (dont elle se souvenait avec tant d'affection, la seule personne gentille dans un défilé de gouvernantes acariâtres) parce que notre père avait une liaison avec elle. C'était possible, ai-je acquiescé. Nos parents étaient encore vivants, à l'époque, et j'aurais pu leur poser la question, mais je ne l'ai pas fait.

Mon père n'a jamais évoqué les événements de ces nuits, ni alors, ni plus tard.

Je suis finalement devenu ami avec mon père en abordant la vingtaine. Nous avions tellement peu de choses en commun quand j'étais enfant, et je suis certain que je l'avais déçu. Il n'avait pas demandé à avoir un enfant avec un livre, parti dans son propre monde. Il aurait voulu un fils qui suivait son exemple : qui nage, boxe, joue au rugby et conduise des voitures rapides avec joie et abandon, mais ce n'était pas ce qu'il avait obtenu.

Je n'ai jamais plus parcouru le chemin jusqu'au bout. Je ne pensais pas à la Mini blanche. Quand je songeais au prospecteur d'opales, c'était dans le contexte de deux roches d'opale brutes posées sur le manteau de notre cheminée ; et dans mes souvenirs, il portait toujours une chemise à carreaux et des jeans. Il avait le visage et les bras bruns, et pas rouge cerise à cause de l'intoxication au monoxyde de carbone, et il ne portait pas de nœud papillon.

Monstre, le matou roux que nous avait laissé le prospecteur d'opales, était parti se faire nourrir par d'autres familles et, bien que nous l'apercevions de temps en temps en train de rôder dans les fossés et les arbres au bout de l'allée, il ne venait jamais quand on l'appelait. J'en ai été soulagé, je crois. Il n'avait jamais été notre chat. Nous le savions, et lui aussi.

Une histoire ne compte vraiment, j'en ai le sentiment, que dans la mesure où les personnages de l'histoire changent. Mais j'avais sept ans quand tout cela est arrivé, et j'étais à la fin la même personne qu'au début, non ? Et tous les autres aussi. Ils devaient l'être, en tout cas. Les gens ne changent pas.

Mais certaines choses avaient changé, quand même.

Un mois après les événements décrits ici, à peu près, et cinq ans avant que le monde branlant où je vivais soit démoli et remplacé par des pavillons nets, bas et réguliers abritant des jeunes gens avisés qui travaillaient en ville mais vivaient dans mon village, qui gagnaient de l'argent en déplaçant d'un endroit à un autre, mais sans rien construire, ni creuser, ni cultiver, ni tisser, et neuf ans avant que je n'embrasse une Callie Anders souriante...

Je suis rentré de l'école. On était au mois de mai, ou peut-être début juin. Elle attendait à la porte de derrière comme si elle savait précisément où elle était et qui elle cherchait : une jeune chatte noire, un peu plus grosse qu'un chaton, désormais, avec une tache blanche sur une oreille et des yeux d'un bleu-vert intense et inhabituel.

Elle m'a suivi à l'intérieur.

Je l'ai nourrie avec une boîte de pâtée pour chat inutilisée de Monstre, que j'ai servie à la cuillère dans l'écuelle poussiéreuse de Monstre.

Mes parents, qui n'avaient jamais remarqué la disparition du chat roux, n'ont pas noté tout de suite l'arrivée de la nouvelle jeune chatte, et le temps que mon père commente son existence, elle vivait avec nous depuis plusieurs semaines, explorant le jardin jusqu'à mon retour de l'école, puis restant près de moi pendant que je lisais ou que je jouais. La nuit, elle attendait sous le lit que les lumières soient éteintes, puis elle prenait ses aises sur l'oreiller à côté de moi, peignant mes cheveux et ronronnant, si bas qu'elle ne dérangeait jamais ma sœur.

Je m'endormais le visage collé contre sa fourrure, tandis que son grave ronronnement électrique vibrait doucement contre ma joue.

Elle avait des yeux tellement insolites. Ils m'évoquaient le bord de la mer, et je l'ai donc appelée Océan, et je n'aurais pas su vous expliquer pourquoi.

Épilogue

J'étais assis sur le banc vert défraîchi à côté de la mare aux canards, à l'arrière de la ferme en briques rouges, et je pensais à mon chaton.

Je me souvenais seulement qu'Océan avait grandi pour devenir une chatte, et que je l'avais adorée pendant des années. Je me suis demandé ce qu'il lui était arrivé, et puis j'ai pensé : *Ça n'a aucune importance, que je ne me souvienne plus des détails : la mort lui est arrivée. La mort nous arrive à tous.*

Une porte s'est ouverte dans la ferme, et j'ai entendu des pas sur le sentier. La vieille femme s'est bientôt assise à côté de moi. « J' t'ai apporté une tasse de thé, a-t-elle dit. Et un sandwich fromage et tomate. Ça fait un bon moment que t'es là dehors. J'ai pensé que t'étais tombé dedans. »

— En quelque sorte, oui », ai-je dit. Et puis : « Merci. » Le crépuscule était arrivé, sans que je m'en aperçoive, pendant que j'étais assis ici.

J'ai pris le thé et j'en ai bu, et j'ai regardé la femme, plus attentivement cette fois-ci. Je l'ai comparée à mes souvenirs d'il y avait quarante ans. J'ai dit : « Vous n'êtes pas la mère de Lettie. Vous êtes sa grand-mère, non ? Vous êtes la vieille Mme Hempstock.

— C'est ça, a-t-elle confirmé, impavide. Mange ton sandwich. »

J'ai mordu dedans. Il était bon, vraiment bon. Du pain cuit tout frais, du fromage fort, salé, le genre de tomates qui ont vraiment le goût de quelque chose.

J'étais submergé par les souvenirs, et je voulais savoir ce que cela voulait dire, ce que tout cela signifiait. « C'est vrai ? » ai-je demandé, et je me suis senti ridicule. De toutes les questions que j'aurais pu poser, voilà celle que j'avais choisie.

La vieille Mme Hempstock a haussé les épaules. « Ce dont tu t'es rappelé ? Plus ou moins. Des gens différents ont des souvenirs différents, et tu trouveras jamais deux personnes qui se souviennent exactement pareil de quoi que ce soit, qu'ils aient été sur les lieux ou pas. Pose deux d'entre vous côte à côte, et vous pourriez être sur des continents différents, pour tout le sens que ça peut avoir. »

Il y avait une autre question dont j'avais besoin de connaître la réponse. J'ai demandé : « Pourquoi est-ce que je suis venu ici ? »

Elle m'a regardé comme si c'était une question piège. « L'enterrement, m'a-t-elle dit. Tu voulais prendre tes distances avec tout le monde et te retrouver seul. Alors, t'as pris la voiture pour aller où t'avais vécu enfant, et quand ça t'a pas apporté ce qui te manquait, t'as roulé jusqu'au bout du chemin et t'es venu ici, comme tu le fais toujours.

— Comme je le fais toujours ? » J'ai de nouveau bu du thé. Il était encore chaud, et assez corsé : une tasse parfaite d'un thé de maçon. *On pourrait y planter une petite cuillère,* comme disait toujours mon père d'une tasse de thé qui avait son approbation.

« Comme tu le fais toujours, a-t-elle répété.

— Non. Vous vous trompez. Je veux dire, je ne suis plus revenu ici depuis, oh, depuis que Lettie est partie en Australie. Sa fête de départ. » Et puis, j'ai ajouté : « Qui n'a jamais eu lieu. Vous savez ce que je veux dire.

— Tu reviens, parfois. T'es venu ici une fois, quand t'avais vingt-quatre ans, je me souviens. T'avais deux jeunes enfants, et qu'est-ce que t'avais peur ! T'es venu ici avant de quitter cette partie du monde : t'avais quoi ? trente ans, cette fois-là ? Je t'ai servi un bon repas à la cuisine, et tu m'as parlé de tes rêves et de l'art que tu créais.

— Je ne me souviens pas. »

Elle a écarté ses cheveux de ses yeux. « C'est plus facile comme ça. »

J'ai bu mon thé et fini le sandwich. La tasse était blanche, et l'assiette aussi. L'interminable soirée d'été touchait à sa fin.

Je lui ai redemandé : « Pourquoi suis-je venu ici ?

— Lettie le voulait », a dit quelqu'un.

La personne qui avait parlé était en train de contourner la mare : une femme en manteau marron, chaussée de bottes en caoutchouc. Elle paraissait plus jeune que je ne l'étais désormais. Je me souvenais d'elle comme d'une adulte, mais je voyais à présent qu'elle approchait seulement de la quarantaine. Dans mon souvenir, elle était trapue ; en fait, elle était plantureuse, et séduisante dans son genre, avec ses pommettes rouges. C'était toujours Ginnie Hempstock, la mère de Lettie, et elle avait, j'en étais certain, l'apparence qu'elle devait avoir quelque quarante ans plus tôt.

Elle s'est assise sur le banc de l'autre côté de moi, si bien que j'étais encadré de dames Hempstock. Elle a dit : « Je crois que Lettie veut simplement savoir si ça en valait la peine.

— Si quoi en valait la peine ?

— Toi, a répliqué la vieille femme, sèchement.

— Lettie a fait quelque chose de très important, pour toi, a dit Ginnie. Je crois qu'elle veut surtout savoir ce qui s'est passé ensuite, et si ça valait tout ce qu'elle a fait.

— Elle… s'est sacrifiée pour moi.

— En quelque sorte, mon chou, a dit Ginnie. Les oiseaux voraces t'ont arraché le cœur. Tu as hurlé de si pitoyable façon, en mourant. Elle a pas pu le supporter. Elle se devait de faire quelque chose. »

J'ai essayé de me rappeler cela. J'ai dit : « Ce n'est pas comme ça que je me rappelle les choses. » J'ai alors pensé à mon cœur ; je me suis demandé s'il y avait encore la glace d'un morceau de porte à l'intérieur, et, en ce cas, si c'était un don ou une malédiction.

La vieille dame a reniflé. « Est-ce que je viens pas de dire qu'on trouvera jamais deux personnes qui se souviennent pareil de quoi que ce soit ? a-t-elle demandé.

— Est-ce que je peux lui parler ? À Lettie ?

— Elle dort, a dit la mère de Lettie. Elle récupère. Elle parle pas encore.

— Pas tant qu'elle en aura pas fini avec l'endroit où elle est », a ajouté la grand-mère de Lettie avec un geste, mais je ne savais pas si elle indiquait la mare aux canards ou le ciel.

« Quand est-ce que ce sera ? »

— Quand elle aura décidé qu'elle est prête »,
a répondu la vieille femme, tandis que sa fille
répondait : « Bientôt.

— Bien, ai-je dit. Si elle m'a ramené ici pour me
regarder, qu'elle me regarde », et au moment où
je le disais, j'ai su que c'était déjà fait. Combien
de temps étais-je resté assis sur ce banc, à fixer
la mare ? Pendant que je me souvenais d'elle,
elle m'avait examiné. « Oh. Elle l'a déjà fait, non ?

— Oui, mon petit.

— Et j'ai réussi l'épreuve ? »

Dans le crépuscule qui montait, le visage de la
vieille femme à ma droite était indéchiffrable. À
ma gauche, la plus jeune a dit : « Être quelqu'un
se résume pas à une réussite ou à un échec, mon
chou. »

J'ai posé par terre la tasse vide et l'assiette.

Ginnie Hempstock a dit : « Je crois que tu te
débrouilles mieux que la dernière fois qu'on t'a
vu. T'as un nouveau cœur qui pousse, pour commencer. »

Dans mes souvenirs, c'était une montagne, cette
femme, et j'avais sangloté et frissonné contre sa
poitrine. À présent, elle était plus petite que moi
et j'étais incapable de l'imaginer en train de me
réconforter, pas de cette façon-là.

La lune était pleine, dans le ciel au-dessus de la
mare. Ma vie eût-elle été en jeu, que je n'aurais
pas pu me souvenir dans quelle phase elle se
trouvait, la dernière fois que je l'avais remarquée.
Je n'avais même pas en mémoire la dernière fois
où je lui avais accordé autre chose qu'un coup
d'œil distrait.

« Et maintenant, que va-t-il se passer ?

— La même chose que toutes les autres fois où t'es venu ici, a dit la vieille femme. Tu rentres chez toi.

— Je ne sais plus où c'est, leur ai-je avoué.

— C'est ce que tu dis toujours », a répondu Ginnie.

Dans ma tête, Lettie Hempstock mesurait toujours une bonne tête de plus que moi. Elle avait onze ans, après tout. Je me suis demandé ce que je verrais – qui je verrais – si elle se tenait devant moi en cet instant.

La lune dans la mare aux canards était pleine, également, et je me suis surpris, sans raison, à songer aux fous sacrés dans la vieille histoire, ceux qui étaient partis pêcher la lune sur un lac, avec des filets, persuadés que le reflet sur l'eau était plus proche et plus facile à attraper que le globe suspendu dans le ciel.

Et, bien sûr, c'est toujours le cas.

Je me suis levé et j'ai fait quelques pas jusqu'au bord de la mare. « Lettie », ai-je lancé à voix haute, en m'efforçant d'ignorer les deux femmes derrière moi. « Merci de m'avoir sauvé la vie.

— Jamais elle aurait dû t'emmener, déjà, quand elle est partie pour trouver l'origine de tout ça, a dit la vieille Mme Hempstock dans un reniflement. Rien l'empêchait de régler ça toute seule. Elle avait pas besoin de te prendre pour lui tenir compagnie, cette petite idiote. Enfin, ça lui apprendra, la prochaine fois. »

Je me suis tourné et j'ai regardé la vieille Mme Hempstock. « Vous vous souvenez vraiment du temps où la lune a été créée ? ai-je demandé.

— Je me souviens de plein de choses.

— Est-ce que je reviendrai ici ? ai-je voulu savoir.

— Ça te regarde pas, a dit la vieille femme.

— Allons, va-t'en, a dit Ginnie, gentiment. Y a des gens qui se demandent où t'as pu passer. »

Et lorsqu'elle en a parlé, j'ai pris conscience, avec une horreur gênée, que ma sœur, son mari, ses enfants, tous ceux venus soutenir, porter le deuil et rendre visite, devaient se demander ce que j'étais devenu. Néanmoins, s'il était bien un jour où ils trouveraient mes absences faciles à pardonner, c'était aujourd'hui.

La journée avait été longue, et rude. J'étais content qu'elle soit finie.

« J'espère que je ne vous ai pas dérangées, ai-je dit.

— Non, mon chou, a dit la vieille femme. Pas du tout. »

J'ai entendu miauler un chat. Un instant plus tard, il a bondi hors des ombres, dans une flaque de clair de lune. Il s'est approché de moi avec assurance, et a poussé de la tête contre ma chaussure.

Je me suis accroupi à côté de lui et je lui ai gratté le front, caressé l'échine. C'était un chat superbe, noir, du moins je l'imaginais, la lune ayant avalé la couleur des choses. Il portait une tache blanche sur une oreille.

« J'ai eu une chatte comme celui-ci, ai-je dit. Je l'ai appelée Océan. Elle était très belle. Je ne me souviens pas exactement de ce qu'elle est devenue.

— Tu nous l'as rapportée », a dit Ginnie Hempstock. Elle a touché mon épaule de la main, l'a pressée le temps d'un battement de cœur ; elle a caressé ma joue du bout de ses doigts, comme si j'étais un petit enfant, ou un amant, et puis elle s'est éloignée, retournant dans la nuit.

J'ai ramassé mon assiette et ma tasse, et je les ai portées en suivant le sentier tandis que nous regagnions la maison, la vieille femme et moi.

« La lune est vraiment claire comme le jour, ai-je dit. Comme dans la chanson.

— C'est bien, d'avoir une pleine lune, a-t-elle acquiescé.

— C'est drôle, ai-je dit. L'espace d'un moment, j'ai cru que vous étiez deux. C'est curieux, non ?

— Y a que moi, a dit la vieille femme. Y a jamais que moi.

— Je sais. Bien sûr, oui. »

J'allais porter l'assiette et la tasse dans la cuisine et les placer dans l'évier, mais elle m'a arrêté sur le seuil de la ferme. « Vous devriez retourner auprès de votre famille, à présent, a-t-elle conseillé. Ils vont lancer des recherches.

— Ils m'excuseront », ai-je assuré. Je l'espérais bien. Ma sœur allait s'inquiéter, et des gens que je connaissais à peine seraient déçus de ne pas m'avoir présenté leurs condoléances sincères, vraiment sincères. « Vous avez été si gentille. De me laisser m'asseoir pour réfléchir, ici. Au bord de la mare. Je suis très reconnaissant.

— Balivernes. Ça a rien de gentil.

— La prochaine fois que Lettie écrira d'Australie, surtout transmettez-lui mon bonjour, s'il vous plaît.

— Je le ferai. Elle sera contente que vous pensiez à elle. »

Je suis monté dans la voiture et j'ai mis le moteur en route. La vieille femme se tenait sur le pas de

246

la porte, me suivant des yeux, poliment, jusqu'à ce que j'aie fait demi-tour avec la voiture et que je sois de retour sur le chemin.

J'ai regardé derrière moi la ferme dans le rétroviseur, et un jeu de lumière a donné l'impression qu'il y avait deux lunes suspendues dans le ciel au-dessus d'elle, comme une paire d'yeux qui m'observaient d'en haut : l'une, parfaitement pleine et ronde, et l'autre, sa jumelle de l'autre côté du ciel, une demi-lune.

Par curiosité, je me suis retourné sur mon siège et j'ai regardé en arrière : une seule demi-lune surplombait la ferme, paisible, pâle et parfaite.

Je me suis demandé d'où était venue l'illusion de la deuxième lune, mais je ne me suis posé la question qu'un instant, et puis je l'ai chassée de mes pensées. Peut-être une image rémanente, ai-je décidé, ou un fantôme : quelque chose qui s'était manifesté dans mes pensées, l'espace d'un moment, avec tant de puissance que je l'avais cru réel, mais qui était à présent parti, disparu dans le passé comme un souvenir oublié, ou une ombre dans le crépuscule.

Remerciements

Ce livre est ce que vous venez de lire. Il est terminé. À présent, nous sommes dans les remerciements. Ça ne fait pas vraiment partie du livre. Vous n'êtes pas obligé de les lire. Pour l'essentiel, ce ne sont que des noms.

Je dois remercier tant de gens, ceux qui ont été présents dans ma vie lorsque j'ai eu besoin d'eux, ceux qui m'ont apporté du thé, ceux qui ont écrit les livres qui m'ont élevé. Il serait sot d'en distinguer un seul, mais je me lance...

Quand j'ai terminé ce livre, je l'ai envoyé à nombre de mes amis pour le lire, et ils l'ont lu avec des yeux sagaces et m'ont dit ce qui pour eux fonctionnait et ce qui avait besoin d'être travaillé. Je leur suis reconnaissant à tous, mais des remerciements tout particuliers doivent aller à Maria Dahvana Headley, Olga Nunes, Alina Simone (reine des titres), Gary K. Wolfe, Kat Howard, Kelly McCullough, Eric Sussman, Hayley Campbell, Valya Dudycz Lupescu, Melissa Marr, Elyse Marshall, Anthony Martignetti, Peter Straub, Kat Dennings, Gene Wolfe, Gwenda Bond, Anne Bobby, Lee « Budgie » Barnett, Morris Shamah, Farah Mendelsohn, Henry Selick, Clare Coney, Grace Monk et Cornelia Funke.

Ce roman a commencé, bien que je n'aie pas su à l'époque qu'il deviendrait un roman, quand Jonathan Strahan m'a demandé de lui écrire une nouvelle. J'ai commencé à raconter l'histoire du prospecteur d'opales et de la famille Hempstock (qui vivent dans la ferme dans ma tête depuis tellement longtemps) et Jonathan a été compréhensif et aimable quand j'ai finalement admis, à moi-même et à lui, que ce n'était pas une nouvelle, et que je l'ai laissé devenir un roman, à la place.

La famille dans ce livre n'est pas la mienne, qui a été assez bonne pour me laisser piller le paysage de ma propre enfance et m'a regardé avec générosité remodeler ces lieux pour en faire une histoire. Je leur suis reconnaissant à tous, en particulier à ma sœur cadette, Lizzy, qui m'a encouragé et m'a envoyé des photographies depuis longtemps oubliées qui m'ont rafraîchi la mémoire. (Dommage que je ne me sois pas souvenu de la vieille serre à temps pour la mettre dans le livre.)

À Sarasota, en Floride, Stephen King m'a rappelé la simple joie d'écrire chaque jour. Les mots nous sauvent la vie, parfois.

Tori m'a fourni un refuge où écrire, et je ne peux pas la remercier assez.

Art Spiegelman m'a aimablement autorisé à employer un ballon de sa conversation collaborative avec Maurice Sendak dans la revue *The New Yorker* pour l'épigraphe d'ouverture.

Pendant que ce livre entrait dans son deuxième jet et que je tapais le premier manuscrit, je lisais le travail du jour à ma femme, Amanda, la nuit, au lit, et j'en ai plus appris sur les mots que j'avais écrits en les lui lisant à haute voix que je n'en ai jamais appris sur quoi que ce soit que j'ai fait. Elle a été la première lectrice du livre, et sa perplexité et, à l'occasion, sa frustration, ses questions et son plaisir ont été mes guides au fil des réécritures suivantes. J'ai écrit ce livre pour Amanda, lorsqu'elle se trouvait très loin et qu'elle me manquait beaucoup. Ma vie serait plus grise et plus ennuyeuse sans elle.

Mes filles, Holly et Maddy, et mon fils, Michael, ont été mes critiques les plus sages et les plus doux.

J'ai de merveilleux directeurs littéraires des deux côtés de l'Atlantique : Jennifer Brehl et Jane Morpeth, et Rosemary Brosnan, qui ont toutes lu le livre dans son premier état, et ont toutes suggéré différents éléments que je devais changer, réparer et reconstruire. Jane et Jennifer ont également très bien géré l'arrivée d'un livre qu'aucun de nous n'attendait, pas même moi.

J'aimerais beaucoup remercier le comité des conférences Zena Sutherland, tenues à la Bibliothèque publique de Chicago : la conférence Zena Sutherland que j'ai prononcée en 2012 a surtout été, rétrospectivement, une conversation avec moi-même sur ce livre que j'étais en train d'écrire, afin d'essayer de comprendre ce que j'écrivais et à qui cela s'adressait.

Merrilee Heifetz est mon agente littéraire depuis vingt-cinq ans, désormais. Son soutien sur ce livre, comme pour tout au long de ce dernier quart de siècle, a été inestimable. Jon Levin, mon agent pour les films et ce genre de choses, est un excellent lecteur et un redoutable imitateur de Ringo Starr.

Les bonnes gens sur Twitter ont été extrêmement utiles quand j'ai eu besoin de vérifier combien coûtaient les bonbons à l'anis ou aux fruits dans les années 60. Sans eux, j'aurais pu écrire mon livre deux fois plus vite.

Et finalement, mes remerciements à la famille Hempstock qui, sous une forme ou une autre, a toujours été là quand j'avais besoin d'elle.

Neil GAIMAN, Île de Skye, Juillet 2012

11376

Composition
NORD COMPO

Achevé d'imprimer en Slovaquie
par NOVOPRINT SLK
le 9 février 2016.

Dépôt légal février 2016.
EAN 9782290091777
OTP L21EPGN000555N001

ÉDITIONS J'AI LU
87, quai Panhard-et-Levassor, 75013 Paris

Diffusion France et étranger : Flammarion